つよがりの君に、僕は何度だって会いにいく

此見えこ

角川文庫
23936

君は諦《あきら》めなかったから、僕も諦めない。
弱虫だった僕に、君がしてくれたように。
今度は僕が、つよがりの君に、何度だって会いにいく。

目次

第一章

『中学二年生の女子生徒が昨年十月、自宅近くの高層マンションから飛び降り、自殺していたことがわかりました。遺書はなかったものの、同市教育委員会は生徒がいじめを受けていたとの報告があったことを明らかにし、学校生活が自殺の原因となった可能性もあると見て――』

手を伸ばし、テーブルの端に置かれていたリモコンの、電源ボタンを強めに押した。ぶつんとアナウンサーの声が途切れ、テレビの画面が暗くなる。

わたしは椅子に座り直すと、小さく息をついてから、箸《はし》を手にとった。

目の前に並んでいるのは、トーストと目玉焼きに、レタスとミニトマトのサラダ。二十分ほど前に家を出たお母さんが、作っていってくれた朝ごはん。

どんなに忙しくても、お母さんは毎朝、わたしの朝ごはんを作ってくれる。今年の四月に部署を異動して、わたしよりだいぶ早く家を出るようになった今も変わらず。

だから、食べないわけにはいかなかった。食欲なんてかけらもなくても。

「いただきます」と小さく呟《つぶや》いて、わたしは箸を伸ばす。味のしない野菜を、無理やり口へ押し込んでいく。

お母さんが職場に異動希望を出したのは、わたしが無事高校受験を終え、志望校に合格した直後だった。今までよりはるかに残業が多く、休みも少ない部署への異動を、お母さんはわざわざ上司に直訴したという。

理由なんて、訊《き》かずともわかった。わたしの志望した高校は私立だった。有名なデザイナーによるかわいらしい制服や、レンガ造りの洒落《しゃれ》た校舎だとかが売りで、修学旅行はヨーロッパへ行くような。

『学費のことなら心配しなくていいから』

志望校を選ぶとき、私立は避けたほうがいいのかと悩むわたしに、お母さんは何度も言ってくれた。『ひなたの行きたい高校に、行っていいのよ』と。

わたしはその言葉に甘えた。甘えてしまった。

母子家庭である我が家には不相応だったことぐらい、少し考えればわかったのに。

ダークグリーンのおしゃれな制服や海外のハイスクールみたいな立派な校舎に、あのときのわたしはどうしようもなく、目がくらんでしまっていた。

だからせめて、と、わたしは必死に朝食をかき込む。

すべて食べ終えたところで、みぞおちのあたりが絞られるように痛んだ。いつものことだ。かまわず立ち上がり、食器を流しに運ぶ。お皿を洗っているあいだもキリキリとした痛みは止まず、額にじわりと汗がにじむ。

パジャマを脱いで制服に袖《そで》を通そうとすると、よりいっそう痛みが強まり、吐き気までしてきた。

――だけど、着ないわけにはいかない。この制服を着たいと言ったのは、わたしだから。

あんなにかわいいと思っていた制服も、三ヵ月も経てばすっかり見慣れ、なんの感慨もなくなった。あの頃のわたしは、どうしてこんなものにあれほど憧《あこが》れてしまったのだろう。現実的なお金の問題すら、見えなくなってしまうぐらいに。

着替えを終えると、いちおう確認のため姿見の前に立った。入学したばかりの頃は、登校前、毎日ここで入念に自分の姿をチェックしていた。髪型やスカートの丈、リボンの位置などを真剣に、じっくりと。

だけど今は、数秒眺めてすぐに目を逸《そ》らす。どうせ代わり映えもしない。櫛《くし》でとかしただけのセミロングのまっすぐな黒髪に、あからさまに暗い顔色と、昨日も遅くまで眠れなかったせいでくっきりと残る隈《くま》。以前はメイクでどうにか隠そうと頑張っていたけれど、今はそんな気力も湧かなくなった。

どうせ、誰も見ない。誰もなにも言わない。

言い聞かせるように心の中で呟きながら、通学鞄《かばん》を手にとる。肩にかける前に、一度中を開いてみる。隠れるように教科書の奥に埋もれている〝それ〟が、ちゃんとそこにあることを確かめる。そうすると少し、ほんの少しだけ、喉《のど》を絞めつけるなにかがゆるむ。空気が喉を通りやすくなる。

それにほっとして、大丈夫、と口の中で呟いてみたときだった。ふいに、さっき聞いたアナウンサーの声が、耳の奥によみがえってきた。

中学二年生。自殺。いじめ。遺書はなかった――。

淡々と読み上げられていたニュースの内容が、いやにざらりとした感触で耳に残っている。

唇を噛《か》む。どうして、と思う。

どうして、死んじゃうんだろう。それも、遺書すら残さず。

いつも思う。自ら死を選ぶ、わたしと同じ年代の彼らのニュースを耳にするたび。

死んだらそれで終わりなのに。もうなにもできなくなるのに。もし本当に原因がいじめなのだとして、そんな、死ぬまで追い詰めてきたいじめっ子たちに、復讐《ふくしゅう》することすら、もうなにも。

もしかしたら死ぬこと自体が、彼らにとっての復讐だったのかもしれない。だけどきっと、彼らの死によってもっとも深い傷を負ったのは、憎きいじめっ子たちではない。間違いなく。家族だとか友だちだとか、彼らの大切だった人たちのはずだ。

そしてそれはきっと、彼らがなにより、傷つけたくないと願っていた人たちのはずだ。

――だから。

わたしはそっと鞄の中に手を入れ、〝それ〟に触れる。ひんやりと冷たい、その硬さを確かめる。

死なない。わたしはぜったいに死なない。もし死にたいと思ったとして、そして本気で、それを実行に移せるだけの勇気や行動力があったとして。そのときのわたしにはきっと、死ぬ以外のことも、なんだってできるはずだから。

だからわたしは、〝そっち〟を実行する。死ぬぐらいなら。死ぬ勇気が、あるぐらいなら。

わたしは、そう、決めている。


外に出ると、すでに日差しは強く、眩《まぶ》しいぐらいだった。

目をすがめながら、古い木造アパートの階段を下りる。それだけで、むっと顔を覆う熱気と湿気に、汗がにじんでくる。

まだ朝早いのに、七月の空気はじめじめとまとわりつくようだった。ただでさえ重たい足が、さらに鉛をくくりつけられたみたいに重たくなる。

うっとうしく不快なその暑さが、だけど今はほんの少し、救いでもある。暑くなればなるほど、それは夏休みが近づいているということでもあるから。

――あと、十三日。

七月に入ってから、わたしは毎日カレンダーを眺め、指折り数えるようになった。

こんなにも夏休みを待ち遠しく思っているのは、たぶん今年がはじめてだ。決して小学生の頃みたいな、心が浮き立つ待ち遠しさではないけれど。

——ただ、それまで耐えれば休める。少なくとも一ヵ月は。

それだけを心の支えに、今のわたしは歩を進めている。地面に張りつこうとする重たい足を、必死に引きはがすようにして。

最寄り駅のホームには、サラリーマンや他校の高校生に交じって、わたしと同じ制服を着た生徒の姿もちらほらあった。

軽く見渡してみたけれど、柊太《しゅうた》の姿は見当たらなかった。それにひとまずほっと息をつき、ホームのいちばん端まで移動する。そうしてやってきた電車の、いちばん後ろの車両の、いちばん後ろの扉から乗り込んだ。

ここなら同じ高校の生徒が乗ってくることはほぼないので、毎朝のわたしの定位置になっている。

席はまだ空いていたけれど、わたしは扉の近くにそのまま立った。座ってしまうと、立ち上がるのにまた、多大な労力を使わなければならないから。

車内にいる人たちはたいてい、大人も高校生も決まってスマホを手にしている。ぼんやりと、無表情にその小さな画面に目を落としている。

そんな彼らの姿を視界から外したくて、わたしはすぐに窓の外へ視線を飛ばした。

流れていく見慣れた景色を、じっと見つめる。そのままずっと視線は動かさなかった。いつものように。食い入るように、ただ窓の外だけをひたすら、降りるまで見つめ続けた。

うちの高校の売りのひとつには、交通の便の良さもある。最寄り駅から徒歩三分。駅を出ると、道の先にすでに洒落《しゃれ》た校舎が見える。

入学前は素晴らしいと感動したその立地も、今となっては忌々《いまいま》しい。もうちょっと遠くてもいいのに、なんて毎朝歩きながら思ってしまう。

日差しはますます強さを増し、目に痛いぐらいだった。気温も比例するようにぐんぐん上がり、すっかり夏の盛りという感じになった熱気の中を、わたしは足を引きずるように進んでいく。

あと十三日。何度も繰り返し、その言葉を胸の内で唱えながら。

「ひなちゃん」

聞き慣れた声が背中にかかったのは、レンガ造りの立派な校門をくぐろうとしたときだった。

心臓が跳ねる。え、と驚きながら振り返ると、やっぱりそこには柊太が立っていて、

「おはよ」

「……え、なんで」

やわらかく笑いかけてくる彼に、思わず困惑の声がこぼれる。なんで柊太がいるんだろう。

「ひなちゃん待ってた」

そんなわたしの心の声が聞こえたみたいに、柊太は短く答えてから、

「ひなちゃん、今日は一本遅い電車で来たんだ。昨日と同じかと思って、おれ、今日も十五分発のやつで来ちゃったよ」

「え、ここで待ってたの？　ずっと？」

まさか、と思って訊《たず》ねると、「うん」と彼はあっさり頷《うなず》いてみせ、

「ここで待ってた。ずっと」

「……なんで」

田舎の電車は本数が少ない。わたしの乗ってきた電車の一本前は、三十分以上も前だ。しかも柊太の肩には、鞄《かばん》がふたつかかったままだ。学校の指定鞄と、部活用の黒いエナメルバッグ。

「朝練は？」

「今日は休み」

「……昨日も休みだったよね」

だから昨日の朝、わたしは駅のホームで柊太に会った。高校でバスケ部に入ってからは、朝練のため登校時間が合わなくなっていた彼と、久しぶりにいっしょに登校した。する羽目になった。

それで今日は、電車を一本ずらしたのだ。彼を避けるために。なのに。

「うん、昨日も今日も休み」

「テスト前でもないのに？」

「うん、なんでか最近休みばっかで」

困惑して質問を重ねるわたしに、柊太は淡々と返す。たぶん嘘だ、と思うのに、それを問い詰める言葉が咄嗟《とっさ》に浮かばない。思わず言葉に詰まり、ただ黙って柊太の顔を見つめていると、

「あのさ、ひなちゃん」

柊太はにこりと笑って、軽く首を傾げた。少し癖のある茶色い髪の上を、光が撫《な》でるように動いていく。

「今日さ、学校サボろうよ」

「……は？」

唐突すぎて、一瞬、なんと言われたのかわからなかった。

間の抜けた声がこぼれる。ぽかんとして目の前の顔を見つめ返せば、柊太はあいかわらずまっすぐに、わたしを見ていた。

「一日サボってさ」その視線をみじんも揺らすことなく、彼が重ねる。

「いっしょにどっか、遊びいこう」

顔は笑っていた。けれど、その目はあくまで真剣だった。それが冗談ではないということだけは、わかるぐらいに。

「……なに、言ってるの」

唇の端が引きつり、乾いた声が漏れる。

「やだよ」

考えるより先に、その言葉は喉《のど》からすべり落ちていた。

「サボるとか」鼓動がいやに速く、耳元で鳴る。

「無理。わたし、これでもちゃんと真面目だし」

「ひなちゃん」

柊太は表情を変えなかった。声のトーンも変えずに、ゆっくりとわたしの名前を呼んだ。

同時に、彼がふっとこちらへ手を伸ばした。その手がわたしの腕に触れようとするのが、わかった瞬間だった。心臓が大きく跳ね、気づけばわたしは思いきり、その手を振り払っていた。

「サボらないってば！」

──あふれたのは、なぜか悲鳴のような声だった。

直後、わたしは逃げるように踵《きびす》を返し、地面を蹴《け》っていた。ほとんど反射的だった。柊太の顔は見なかった。見られなかった。そのまま振り返ることなく、校舎へ続くゆるやかな上り坂を、全力で走っていた。

我に返ったのは、夢中で校舎の中に駆け込んだときだった。

はっとして後ろを振り返ったけれど、柊太は追いかけてきてはいなかった。

ぜえぜえと喉が鳴る。苦しさに背中を丸めると、噴きだした汗が顎《あご》を伝った。

昇降口にいる何人かが、遅刻間際でもないのに全力疾走してきたわたしを、怪訝《けげん》そうに見ている。

――なにを、しているのだろう。

まだばくばくと暴れる心臓を押さえながら、わたしは自分に困惑していた。

わからなかった。わたしはさっき、なにから逃げたのだろう。

ただ、嫌だと思った。あの瞬間。強く、息が止まるぐらいに。

柊太が、じゃなくて。彼の口にした言葉が。一瞬だけひどく甘美に聞こえてしまった、その誘いが。それに惹《ひ》かれかけた自分が。

一瞬、ほんの一瞬、〝逃げる〟ことに、惹かれてしまったわたしが。

どうしようもなく嫌で、耐え難くて、そんな自分を振り切りたくて、わたしは走っていた。きっと。


始業十分前の教室には、すでに半数以上の生徒が集まっていた。

喧騒《けんそう》の響く教室に足を踏み入れる、この瞬間が、わたしはいちばん嫌いだった。何日経っても慣れない。心臓が早鐘を打ちはじめ、指先から熱が引く。喉を絞められるような息苦しさが襲う。

しかもちょうど入り口の手前で、ひとりの女子生徒がわたしの横をすり抜けていった。「おっはよー」と明るい声を振りまきながら、彼女が先に教室へ入っていく。中からは、それに呼応する「おはよー」が、いくつも続いた。クラスでも人気者の生徒だったから、反応は大きかった。彼女の登場で、教室内が少し華やいだぐらいに。

ああ嫌だな、と思ったけれど、どうしようもなかった。短く息を吐き、仕方なく彼女のあとに続いて、わたしも教室に入る。

途端、面白いほど一瞬で色を変える空気が、はっきりと見えるようだった。

何人かの女子生徒が顔を上げ、ちらっとこちらへ視線を向ける。だけどもちろん、誰も「おはよう」なんて言わない。わたしの姿を確認するとすぐに視線を戻し、いっしょにいた友人と顔を寄せ、なにかを話しはじめる。見なくても、その瞬間の彼女たちの顔に浮かぶ笑みがひどく意地の悪いものだということは、もう知っていた。

だからわたしは、なにも見ない。なにも聞かない。脇目もふらず、まっすぐに自分の席だけを目指して、足早に歩いていく。

隣の席の女の子はすでにそこに座っていたけれど、わたしが机に鞄を置いても顔すら上げなかった。頬杖《ほおづえ》をつき、わたしとは反対側に顔を向けるようにして、スマホをいじっていた。

話しかけるな、という無言の態度を示している彼女に、もちろんわたしも「おはよう」なんて言わない。しばらくは諦《あきら》めきれずに声をかけていたけれど、何度か無視されるうちに、さすがにやめた。

誰とも挨拶《あいさつ》を交わさず席についたあとは、鞄から教科書やノートを取り出し、机に広げる。そうしてあとは、ひたすらその日の予習に没頭する。

教室内からちらちらと寄越《よこ》される視線も、急に声のボリュームを下げ、ひそひそとささやくような声でしゃべりだした彼女たちの姿も、必死に、意識から追い出そうと努めながら。


一限目の古典は、わたしの大嫌いな授業のひとつだった。

内容自体は嫌いじゃない。嫌なのは、担当の先生がやたらと生徒を指名し、教科書を音読させることだ。

今日は七月九日なので、最初からなんとなく嫌な予感はしていた。わたしの出席番号が、十九番だから。

予想通り、授業が始まって早々にまずは九番の生徒が当たった。そしてその次に、

「はい、じゃあ次は十九番の……未森《みもり》ひなたさん。三十一ページの五行目から、お願いします」

やっぱりきた、と心の中で盛大にため息をつきながら、「はい」と答えてわたしは

立ち上がる。

教科書をつかもうとしたとき、一瞬指先が強張《こわば》って、一度取り落としてしまった。あわてて拾い、顔の前に広げる。三十一ページの五行目。間違えないよう気をつけながら、すっと短く息を吸う。

細心の注意を払ったつもりだったのに、出だしでうまく声が喉を通らず、少し掠《かす》れた。耳に届いた自分の不格好な声に思わず動揺してしまい、顔にかっと熱がのぼる。耳や首筋まで熱くなる。

落ち着け。落ち着け。落ち着け。

心の中で必死に唱えながら、わたしはどうにか指定された箇所を読み上げた。かなり小さめで不格好な声のままになってしまったけれど、途中、先生から止められることはなかった。「はい、ありがとうございました」と音読終わりに告げた先生の声は、なんとなく冷たくはあったけれど。

椅子に座ると、途端にほっとして全身から力が抜けた。脇の下や背中にいつの間にかびっしょりと汗をかいていたことに、そこで気づいた。

教壇の先生はこちらに背を向け、黒板になにか書きはじめている。それを見計らい、何人かの生徒がさっとスマホを取り出すのが、視界の端に見えた。わたしの斜め前の女子も、そのタイミングでスマホを手にしていた。机の下で隠れるようにいじっている、その画面もちらっと見えた。

メッセージアプリのトーク画面。そこにぽんぽんと新たな吹き出しが生まれ、画面が流れていく様も、この位置からだと嫌になるほど、よく見えた。

スマホに目を落とす彼女の口元に、ふっとおかしそうな笑みが浮かび、続けてほんの一瞬、彼女の視線がこちらを向いたのも。

「ねえ、なんか急に臭くない？」

莉々子《りりこ》のそんな声がしたのは、わたしが更衣室に入った直後だった。

「あー、言われてみれば」それに応《こた》える、笑い交じりの美緒《みお》の声が続く。

思わず目をやってしまうと、奥のほうで先に着替えはじめている彼女たちがいた。

莉々子も美緒も、わたしを見てはいなかった。わたしが入ってきたことなんて気にも留めていないという様子で、ただ汗拭《ふ》きシートで腕や首筋を拭《ぬぐ》いながら、

「なんの臭いー？　超嫌な臭いなんだけど」

「わかるー、あたしもこれ嫌いー」

「え、なに？　あたしのこれ？　臭かった？」

ふたりといっしょに着替えていた芽依《めい》が、ふと強張った声を上げる。ちょうど制汗スプレーを使っていたところだったらしい彼女は、心配そうにスプレー缶を指さしていて、

「あ、違う違う芽依、そういうことじゃなくてさあ」

芽依のどこかずれた発言を受け、莉々子が軽く噴きだしながら首を横に振る。その横で美緒も、「ほんと、芽依ってときどき天然だよね」とおかしそうに笑っていた。

「芽依のそれはぜんぜんいい匂いだから大丈夫だよー」

「あ、ほんと？　よかった」

「てかそれ、さっきから思ってたけどめっちゃいい匂い。なんの匂い？」

「えっと、グリーンフローラル？　だって。莉々子も使う？」

「え、いいの？　ありがとー」

「あ、いいなー。あたしもちょっといい？」

「うん、もちろん」

芽依の発言から、彼女たちの話題は自然と制汗スプレーのほうへ流れていった。楽しそうに、芽依のスプレーを腕にふりかけはじめる。それきり、彼女たちが〝なんか急に臭くなった〟件について騒ぐことはなかった。もうすっかり、興味すらなくした

ように。

それにひとまずほっとしながら、わたしは三人から離れた位置で着替えを始める。そう広くはない更衣室で、わたしの両隣だけはぽっかりと空いている。誰もわたしの傍には来ない。誰もわたしには話しかけない。

シャツに手を伸ばしたとき、右手の人差し指の付け根が、鈍く痛んだ。さっきの授業中、莉々子が投げてきたボールを受けたせいだ。投げつけてきた、という表現のほうが正しいかもしれない。

バスケの試合中だった。それまではチームメイトの誰も、わたしの姿なんて目に入っていないかのように、パスのひとつも寄越しはしなかった。コートの中で、わたしは透明人間にでもなったような気分だった。

だけど終了間際、急に莉々子がわたしへボールを投げてきた。それも全力の強さで、胸ではなく顔の高さに。

なんとかぶつかる前にキャッチできたけれど、かなり無理な姿勢で取ってしまったせいで、その際に軽く指を痛めた。思わず顔を歪《ゆが》めてボールを取り落としたわたしに、「なにしてんの、ちゃんと取れよ」と莉々子は低く吐き捨てていた。

その指を庇《かば》いながら、わたしはのろのろと着替えを進める。

　保健室に行くほどの怪我ではないと思ったけれど、案外痛みが引かない。やっぱり軽くでも、テーピングしておいたほうがいいのかもしれない。そんなことをぼんやり考えていたら、

「わ、莉々子、そのバレッタ超かわいいね」

「でしょ？　このまえオスクで見つけて買っちゃったー」

　奥では早々に着替え終えた莉々子たちが、次はヘアセットに移っているようだった。楽しそうな華やいだ声が聞こえる。聞きたくなくても、聞こえてくる。

　莉々子たちはいつも、体育の授業のたびに髪型を変える。体育ではたいていシンプルなポニーテールにまとめる長い髪を、終わるとまた、ヘアアクセを使う手の込んだ髪型に戻す。

　――わたしも以前は、そうしていた。彼女たちといっしょに。

「あー、それもオスクのなんだ。駅前にあるお店だっけ」

「そうそう。あそこのヘアアクセめっちゃいいもん。今ハマってて」

「たしかにかわいいよね。ちょっと高いけど。でもやっぱ、良いやつは違うって感じ」

　でしょ、と相槌《あいづち》を打った莉々子の声色が、そこでほんの少し変わるのを感じた。

「違うよね」と続いた声が、さっきまでより少し、大きくなる。

「ぜんぜん違うよやっぱ、ほら、百均とかのやつに比べるとさあ」

あははっ、と笑った美緒の声も、すぐに莉々子の意図を察したように高くなる。

「そりゃそうだ。百均とはさすがに違うでしょ」

「前はこれでもいいかもとか思ったけど、一回オスクの使っちゃうともう駄目だね。百均のってすごいチャチだなあって感じ。もう恥ずかしくて使えないわ、あれは」

「たしかにまあ、あたしも百均はダサくてもう無理かなー」

ねー、と高い声で莉々子が笑う。芽依はなにも言わない。だけどときどき、ふたりに合わせるように笑う声が聞こえる。

わたしは聞こえていない振りを決め込み、ただ黙々と着替え続けた。シャツのボタンを留めようとする指先が震え、何度か留め損なった。


昼休みになると、わたしはお弁当を持って中庭に移動した。いつものように。

石畳が敷き詰められた中庭には、池と噴水といくつかの花壇もあって、そのまわりにアンティーク調のベンチが置かれている。

春のうちは、多くの生徒がこの洒落《しゃれ》た中庭に集まり、ベンチでお弁当を食べていた。けれど暑さが厳しくなるにつれ、急速にその人数は減っていった。

いちおうベンチは木陰になっているとはいえ、さすがに七月の真昼はむせかえるように暑い。こんな中、わざわざ冷房の効いた校舎から屋外に出てくる酔狂者なんて、そうはいない。今日もベンチに先客はなかった。酔狂者はわたしひとりのようだ。

ほっとしながら座り、膝《ひざ》の上に置いたお弁当箱のフタを開ける。

ハンバーグ、卵焼き、プチトマト。詰められているのは昨夜の残りではなく、お母さんが今朝作ってくれたおかずだ。あんなに忙しそうなのに、お母さんは毎朝欠かさず、わたしにお弁当まで作ってくれる。

——だから、これも、食べないわけにはいかない。

「いただきます」と小さく呟《つぶや》いて、わたしは箸《はし》を手に取る。朝ごはんのときと同じように、無理やり口へ押し込んでいく。

この日常が始まってから、わたしは驚くほど食欲がなくなった。

夜だけは少しマシだけれど、朝や昼はまったく駄目だった。お腹はすくのに、なにも食べたいと思えない。食べたいと思うものを、見つけきれない。

近くの木でセミが鳴いている。校舎のほうからは、昼休みの喧騒《けんそう》が遠く聞こえる。

それをぼんやりと聞きながら、額に汗をにじませ、機械的におかずを口へ運んでいたときだった。

ふと足音が聞こえてきて、顔を上げるのと同時に、

「ひなちゃん」

朝も聞いたものと同じ声が、わたしを呼んだ。

「お昼、ごいっしょしてもいいですか」

目の前に立っていたのは、コンビニのビニール袋をぶら下げた柊太だった。

急いで来たのか、軽く息を切らしている。見上げると、彼の額に浮かぶ汗が、日差しに光った。

「……だめ」

「お邪魔します」

訊《き》いておきながら、わたしの返事は当然のように無視して、柊太は隣に座ってくる。

それから膝の上に持ってきたビニール袋を置くなり、

「はい、ひなちゃん」

「へ？」

中からメロンパンを取り出したかと思うと、おもむろにわたしのほうへ差し出してきた。

「あげる」

わたしは困惑して、差し出されたそれを見つめながら、

「……いや、いいよ。わたしお弁当あるし」

「ひとつぐらいいけるでしょ」

「いや無理だから」

ただでさえ、必死にお弁当を押し込んでいるところだというのに。

首を振って、わたしは強めにメロンパンを突っ返すと、

「そんなに入らないから。いらない」

「でもメロンパン食べるとさ、元気が出るんだよ」

「え」

「前にひなちゃんが教えてくれたじゃん」

「……そうだっけ」

話しながらふと、今日誰かと会話をするのは、朝に柊太としゃべって以来だというこ とに気づく。つまりわたしは今日、家を出てから柊太としかしゃべっていないのか。

……思えば昨日も、そうだった気がする。

「そうだよ。メロンパンは幸せを運んでくれる魔法の食べものだって」

「わたし、そんな恥ずかしいこと言った？」

思い出せない。だけどなんとなく、小学生のわたしが言いそうなことではあった。あの頃の、柊太にならら。

「言った言った。落ち込んだときには、メロンパンが効くんだよって」

「へえ」

「だからあげる」

視線を落とすと、ビニール袋の中に同じメロンパンがもうひとつ入っているのが、ちらっと見えた。本当に、ひとつはわたしの分として買ってきたらしい。

それに気づいたとき、わたしはようやく柊太の意図が理解できて、

「……いらない」

もう一度、首を横に振った。

「わたし、べつに今、落ち込んでないし」

──そうだ、わたしは落ち込んでなんかいない。落ち込むようなことなんてない。

確認するように、胸の中で呟いてみる。

だってわたしは、莉々子が嫌いだから。

莉々子がわたしを嫌っているように、わたしだって莉々子が嫌いだから。嫌いな人にどれだけ嫌われようと、傷つく必要なんてないに決まっている。

莉々子に追随する他のクラスメイトたちだって、ほとんど顔と名前しか知らないような人たちだ。そんな人たちに無視されることだって、つらいわけがない。だってみんな、どうでもいい人たちなのだから。

どうでもいい人たちに嫌われることなんて、どうでもいいことに、決まっている。

だからわたしは顔を上げると、柊太の顔を見た。笑みを作ってみる。きっとうまく笑えたと思うのに、柊太はそれを見て、一瞬だけ泣き出しそうに顔を歪《ゆが》めた。

「……ひなちゃん」

「てかさ、ここ暑くない？　柊太汗かいてるじゃん」

口を開きかけた柊太をさえぎるように、わたしは早口に言葉を継ぐ。奇妙に明るい声が、喉《のど》を通った。

「校舎戻ったら？　熱中症になるかも」

「それはひなちゃんもでしょ」

「わたしは平気。暑くないし、ここ好きだし」

「ひなちゃん」

今度は柊太がさえぎるように、真剣な声でわたしを呼んだときだった。

ふいに、近くで電子音が鳴った。

耳に響いたその音に、どくんと心臓が跳ね上がる。指先が強張《こわば》り、一瞬箸を落としかけた。

「あ、ごめん」

短く謝ってから、柊太がポケットに手をやる。そうしてそこから取り出されたスマホを、わたしは思わずじっと見つめていた。

柊太が画面を確認し、片手で軽く操作する。その手元を、食い入るように。

どくどくどく、と耳元で鼓動が鳴る。息が詰まる。

画面をすべる彼の指先は、なにか文字を打っているようだった。それを見た瞬間、さらに喉を押さえつけられるような息苦しさに襲われる。古典の授業中に見た光景が、瞼《まぶた》の裏に弾《はじ》ける。わたしが音読を終えた途端、一斉にスマホをいじりはじめた、クラスメイトたちの姿が。

「……誰から？」

柊太が操作を終えてスマホを閉じるなり、わたしはひどく強張った声でそんなことを訊《たず》ねていた。訊くつもりなんてなかったのに、気づけば喉からあふれていた。

「え？　バスケ部のやつから。今日の練習場所についての連絡」

柊太はきょとんとしてこちらを見ると、短く答える。その不思議そうな顔を見て、わたしはすぐに後悔した。

「あ、そ、そっか」

——なにを訊いているんだろう、わたし。

恥ずかしくなって、あわてて手元のお弁当に視線を戻す。そうしてごまかすようにご飯をひとくち食べようとしたけれど、口に入れかけたところで手が止まった。それ以上、どうしても動かなかった。仕方なく、ゆるゆると箸を下ろせば、

「どうしたの？」

わたしのそんな動作を見ていたらしい柊太が、心配そうに訊ねてきた。

「食べないの？」

「……うん。なんか、もういいや。お腹いっぱい」

もともと食欲なんてほとんどなかったけれど、今は完全に、鉛かなにかで喉が塞《ふさ》がれてしまったみたいだった。もうひとくちだって通りそうにない。諦《あきら》めて、わたしは半分以上が残ったお弁当にフタをする。お母さんごめん、と心の中で呟《つぶや》きながら。

その様子を、横でじっと眺めていた柊太は、

「……ねえ、ひなちゃん」

短い沈黙のあとで、ぽつんと呟くように口を開いた。

「うん？」

「午後からサボって、どっか行こうよ」

朝、校門の前でも向けられた言葉。

柊太のほうを見ると、静かな、けれどひどく真剣な目が、わたしを見ていた。

「どこでもいいから」朝にもそう言ったときと同じ、冗談でないことだけは伝わる口調で、柊太が重ねる。

「どっか、ひなちゃんの行きたいところ。遊びいこう」

わたしは黙ってその目を見つめ返した。

やがて目を伏せると、短く息を吸って、

「……行かない」

「なんで」

「学費が高いから」

「は？」

「バカ高いんだよ、この高校」

中身の残るお弁当箱を抱えて、わたしはベンチから立ち上がる。「だから」柊太のほうを振り返ると、ひどく困ったような顔でこちらを見上げる彼と、目が合った。

「サボれない。ぜったい」

それ以上、柊太はなにも言わなかった。逃げるように校舎へ向かって歩きだしたわたしを、追いかけてくることもなかった。


教室に戻る前に、外のゴミ箱にお弁当の残りを捨てた。

ふりかけのかかったご飯がぼとぼととゴミの中に落ちるのを見て、胸の奥がぎりっと締め上げられたように痛む。ふいに目の奥が熱くなり、あわてて何度かまばたきをした。堪《こら》えるよう、一度強く唇を噛《か》みしめる。そうして踵《きびす》を返すと、空になったお弁当箱を抱え、足早に教室へ戻った。

筆箱がなくなっていることに気づいたのは、次の授業の準備をしようと、引き出しに手を入れたときだった。

そこにあるはずの感触がなく、はっとして引き出しをのぞき込めば、やはり見慣れた青い筆箱が見当たらない。筆箱は引き出しのいちばん手前に入れていたはずなので、奥を探るまでもなく、すぐに察した。

顔を上げ、教室を見渡してみる。莉々子は自分の席で、美緒たちと談笑していた。こちらへは、ちらりとも視線を寄越《よこ》さない。わたしに対して、一筋の興味もないかのように。

他のクラスメイトたちも同様だった。誰もわたしのほうなんて見ていない。引き出しに入れていた筆箱が消えているのだから、きっとそのとき教室にいたクラスメイトの何人かはその現場を見ているはずなのに、みんな素知らぬ顔でそれぞれ友人たちと談笑していたり、机に向かっていたりする。

視線すら向けない徹底的な無関心は、ぞっとするほど冷たかった。

身体の奥から真っ暗な寒気が込み上げてくるのを感じながら、わたしは立ち上がる。はじめてではないので、それほど焦ることはなかった。ただ全身が冷たく、辺りの空気が薄くなったみたいに、息が苦しかった。

筆箱は、教室の後ろに設置されたゴミ箱の中に捨てられていた。紙屑《かみくず》や綿埃《わたぼこり》に埋もれたそれを目にした途端、また少し、全身から熱が引く。拾おうと伸ばした指先が、かすかに震える。外のゴミ置き場まで持っていかれなくてよかった、と頭の隅でぼんやり思った。

「きったな」

筆箱の汚れを払っていると、ふいに後ろで莉々子の低い声がした。くすくすと笑う美緒たちの声が続く。だけど振り返っても、彼女たちはあいかわらずこちらを見てはいなかった。机の上に広げた雑誌を囲み、ただおしゃべりに興じていた。

誰が捨てたのかなんて今更考えるまでもなかったし、そもそも、そんなことはたいした問題でもない気がした。

誰が捨てたのだろうと、この教室にいた誰もがその行為を咎《とが》めず、黙認して、今も筆箱を拾うわたしを、誰ひとり一瞥《いちべつ》もしない。それが、すべてのように思えた。

筆箱を手に席へ戻る途中、莉々子たちの横を通った。近づいてくるわたしには視線も向けず、彼女らはただ高い声で談笑を続けている。だからわたしも無言で、その横を足早にすり抜けようとしたときだった。

ふいに、足首を横から思いきり蹴《け》られた。瞬間、バランスを崩した身体が大きく前につんのめる。踏ん張る間もなく、あっと思ったときには、硬い床に膝《ひざ》がぶつかっていた。鈍い痛みが、一拍遅れて爪先《つまさき》まで伝わる。

「は、なにー？」

つかの間、呆然《ぼうぜん》と固まってしまったわたしの後頭部に、莉々子の笑い交じりの声が降ってくる。

「なんでなにもないところでこけてんの？　うける」

バカにしたようなその声に重なり、少し離れた位置から、スマホのシャッター音がした。小さな音だったはずなのに、それはいやにはっきりと耳に届いた。ぎょっとして音のしたほうを振り返る。そこには何人かのクラスメイトがいて、みんなこちらを見ていた。にやにやと笑っている人もスマホを手にしている人も、何人かいた。

顔から血の気が引く。身体が震える。

──今、誰が撮ったの。

訊ねたかった言葉は、だけどけっきょく喉《のど》の奥で硬く縮こまり、出てきてはくれなかった。ただスカートの裾《すそ》が太ももまで大きくめくれていることに気づき、あわてて直す。そうして急いで立ち上がると、またよろけそうになるのを必死に堪えながら、席に戻った。向けられた視線やスマホのレンズから、逃げるように。

それしか、できなかった。

席についたところで、指先がぶるぶると震えていることに気づいた。抑えるように握りしめてみても震えは止まず、わたしは咄嗟《とっさ》に机の横にかけている鞄《かばん》を取り、膝の上に置いた。鞄の口を開け、中を漁《あさ》る。ポーチや財布の奥に転がっている〝それ〟を見つけ、手を伸ばす。その冷たさに触れながら、ゆっくりと息を吐いてみたとき、ようやく、指先の震えが落ち着いた。

その日、お母さんといっしょに晩ごはんを食べながら、「明日《あした》からお弁当はいらない」ということを告げた。

「友だちがね、よく学食でお昼食べてるんだよね。それがめっちゃおいしいらしくてさ、わたしも食べてみたいなって思って。購買でパンとかも売ってるし、明日からはなんか適当に食べるよ。お母さん、毎朝早起きしてお弁当作るの大変だろうし」

考えておいた理由を、できるだけ明るく軽い口調になるよう気をつけながら、慎重に並べる。幸い、声が震えることもなく、うまく言えた。

「そっか」とお母さんはとくになにも引っかかった様子はなく、笑顔で相槌《あいづち》を打って、

「そうよね。たしかに、みんなで学食行こうってなる日もあるだろうし。学食もおいしそうだもんね、あの学校。ローストビーフ丼《どん》とかあるんでしょ？　そりゃお弁当よりそっちがいいよねえ」

「べつに、ふつうの定食とかだよ。学食はわりと庶民的な感じ」

――お母さんのお弁当のほうが、おいしいよ。

続けたかった言葉は、喉で詰まって出てこなかった。今日ゴミ箱に捨ててしまったお弁当のご飯が、瞼《まぶた》の裏に浮かんで。

なんとなくお母さんの顔を見ることができずにうつむいたまま、わたしがお茶碗《ちゃわん》の

中のご飯をかきこんでいると、

「あ、そういえば今日、帰りに柊太くん見かけたよ」

ふと思い出したようにお母さんが言った。大皿の野菜炒《いた》めに箸《はし》を伸ばしながら、

「かっこよくなっててびっくりしちゃった。前は背も小さくてちょっと頼りない感じだったのに、今はずいぶん大きくなって。なにか部活もやってるんでしょう？」

「うん、バスケ部」

「へえ。それじゃあけっこうモテてるんじゃないの、柊太くん」

「さあ」わたしはお茶碗に目を落としたまま、気のない相槌を打つ。

「知らない」

本当は知っていたけれど。お母さんの言うとおり、柊太は今、けっこうモテている。きゃーきゃー言われている、というほどではないけれど、同じクラスの女の子が「三組の加賀谷《かがや》くんいいよね」なんて柊太のことを噂しているのを聞いたことがある。それも何回か。爽《さわ》やかだとか、清潔感があっていいだとか。

あまり口数が多いタイプではないからか、「クールでかっこいい」なんて評されているのも耳にした。小さい頃の気弱で頼りなかった彼を知っている身からすると、なんとなく違和感のある表現だけれど。

ともかくその落ち着いた雰囲気が女子にはわりと受けているらしいし、どうやら男子ともうまくやれているようで、校内で見かける柊太は、たいてい友だちといっしょに笑っていた。わたしと違って。

「でも柊太くん、元気そうでよかった。小学校では不登校になっちゃったり、いろいろあったけど。あれなら、もうご両親も安心でしょうね」

「……そうだね」

ふとうれしそうな声色でお母さんが言って、わたしは頷《うなず》いた。

本当によかったと、わたしも思う。今の柊太は、きっともう大丈夫。だから。

――今のわたしには、できるだけ、関わってほしくない。

第二章

「ねえ、その髪型めっちゃかわいいね。自分でしたの？」

高校で、わたしがはじめて話したクラスメイトは、莉々子だった。

高校生活の初日。入学式が終わり、教室へ戻る途中の廊下で。そんなふうに声をかけられたのが、始まりだった。

思えば、あの日のわたしは浮かれていた。ずっと憧《あこが》れだった高校で始まる新生活への期待に、胸をふくらませすぎていた。

その日はだいぶ早起きをして、身支度に一時間近くもかけた。髪は毛先を軽く巻いて、編み込みを使ったハーフアップにして、顔には薄くメイクもして。ちょっと派手かな、とも思ったけれど、これぐらい気合いを入れておかないと、あの洗練された校舎では浮いてしまう気がした。

そうして完全武装で挑んだ初日だったけれど、実際は、それほどおしゃれな子ばかりというわけでもなかった。むしろどちらかといえば、大人しめの格好をしている子のほうが多かった。メイクをしている子はほとんどいなかったし、髪型もみんな、たいていシンプルだった。

どう見ても、バチバチに気合いを入れたわたしのほうが浮いているのは、すぐにわかった。

そのせいか、入学式前の教室では、誰もわたしに話しかけてはこなかった。なんとなく遠巻きにされているのを感じて、やばい、これは失敗したかもしれない、と早くも後悔しはじめていたときだった。

「――ねえ、その髪型めっちゃかわいいね」

入学式終わりに、ようやくはじめて、クラスメイトに声をかけられた。それが莉々子だった。

第一印象は、「めっちゃ華やかな子だな」と思った。軽くウェーブのかかった長い髪や、すらりと長い手足が垢抜《あか》けていて、最初に向かい合ったときは思わず緊張してしまったけれど、

「自分でしたの？」

訊《たず》ねてくるその表情や口調は人懐っこくて、親しみやすかった。

ちょっとドギマギしながらわたしが頷くと、「えー、すごい！」と彼女は目を輝かせて、

「めっちゃ器用だね。ね、今度あたしの髪もやってよ」

「え、うん。いいよ」

「やった！　約束ね」

初対面とは思えない気安さで言葉を継ぐ彼女にちょっと圧倒されながらも、ぜんぜん嫌な気はしなかった。むしろうれしかった。

「入学式のときからさ、ずっと、話しかけたいなーって思ってたんだよね」

それからお互い自己紹介をしつつ、連れ立って歩きだしたところで、莉々子がふと照れたように言った。

「あたし、ひなたの後ろに座ってたから。あの子誰だろー、髪型かわいいなーって、ずっと気になってて。入学式終わったら速攻話しかけようって決めてたんだ」

ああ、やっぱり失敗なんかじゃなかった、とわたしはそのとき思い直していた。

今日、気合いを入れてきて正解だった。そのおかげで、こんな華やかな子のお眼鏡にかなったのだから。

莉々子とは、それをきっかけに仲良くなった。莉々子と同じ中学だった美緒と、わたしと同じように登校初日に気合いを入れておしゃれをしてきた芽依も、その日のうちにグループに引き入れられ、それからは基本的に四人で行動するようになった。

正直、今まではあまり仲良くしたことのないタイプの子たちだった。おしゃれでかわいくて、性格も明るく人懐っこくて。

とくに莉々子は、まさにそういう、根っからの〝一軍〟タイプだった。

入学当初から、わたしたち以外にもたくさんのクラスメイトと親しく関わっていて、すでにクラスの中心にいた。わたしたちがいつも教室で堂々とファッション雑誌を広げて、だいぶ大きめな声量で談笑していてもなんとなく許されていたのは、きっとそんな莉々子の存在が大きかった。

「このバッグ、やっぱめっちゃかわいいよね。今度パパに買ってもらおうかなあ」

「え、なに莉々子、もうすぐ誕生日なの？」

ブランドもののバッグを指さしながら莉々子が言うのを聞いて、芽依が訊ねる。

「え？　違うけど」

莉々子はその質問に、なんだかきょとんとした顔で首を振ると、

「でも欲しいし、数量限定らしいから。なくなる前に買ってもらおうかなって」

当たり前のように言い切った莉々子の顔を、芽依はしばし、信じられない、という顔で目を丸くして眺めていた。わたしも芽依と同じ反応だった。美緒のほうは、「たしかにねー」と真顔で莉々子の言葉に同意していたけれど。

いっしょにいるうちにわかったのは、莉々子と美緒がかなり裕福な家の子らしい、ということだった。直接聞いたわけではないけれど、彼女たちの持ち物や普段の行動の端々に、それはにじみでていた。

ポーチが有名なブランドのものだったり、お弁当にローストビーフが入っていたり、新作のチョコが出るたびコンビニで買ってきたり、「喉《のど》が渇いた」としょっちゅうコーヒーショップへ行き、千円近くもするフラペチーノを当たり前のように飲んでいたり。彼女たちのお金の使い方には、まったく躊躇《ちゅうちょ》がなかった。

一方芽依だけは、わたしと同じ金銭感覚の持ち主らしいことも、なんとなく察していた。お弁当のおかずに親近感があったり、ポーチや財布にちょっと年季が入っていたり、莉々子たちとコーヒーショップへ行ったときも、決まってフラペチーノではなくアイスコーヒーを飲んでいたり。

「え、なに、芽依のお弁当それだけ⁉」

「あ、うん。ちょうど入れられるものがなかったみたいで……」

昼休み、いつものように四人で集まってお弁当を食べていたときだった。

芽依のお弁当の中身を見た美緒が、面食らったように声を上げる。おかずがなかったからだ。ご飯だけが一面詰められた上に、梅干しがちょこんと載っている。

水を向けられた芽依は、ちょっと恥ずかしそうに苦笑しながら、

「昨日の晩ごはんはうどんだったから、おかずの残りも詰められなかったし、冷凍食品もちょうど見事に切らしてたって。まあでも、あたし梅干しご飯大好きだから、ぜんぜんいいんだけどね」

最後、はにかむように付け加えられた芽依の言葉に、嘘は見えなかった。きっと本当に好きなのだろう。わたしも梅干しご飯は好きなので、なんだか微笑ましい気持ちになりながら、「わかる」と同意しようとしたときだった。

「えっ、ありえないでしょ」

莉々子が眉《まゆ》をひそめて、ばっさり切り捨てた。心底あきれたような口調だった。

「おかずなしとか。ひどすぎるって、そのお弁当」

「そ、そうかな」

「いやありえないありえない。信じらんない」

　顔をしかめてまくし立てながら、莉々子は自分のお弁当から唐揚げをつまみ、「あげる」と芽依のお弁当のフタに載せた。えっ、と芽依が驚いたように声を上げる。

「なんで、いいよそんな」

「だっておかずないじゃん」

「いやあるよ、梅干し」

　真顔で言い切った芽依に、莉々子は軽く噴きだすと、

「梅干しはおかずって言わないでしょ！」

「え、充分おかずだよ。あたし、梅干しひとつでご飯一杯余裕だし」

「いいからあげるって。そのお弁当、かわいそーで見てらんないもん」

　言いながら、莉々子はさらに卵焼きもひとつ芽依のお弁当のフタに載せる。その様子を見ていた美緒が、「じゃああたしもー」と、自分のお弁当からアスパラの肉巻きをつまんだ。

「かわいそうな芽依に恵んであげるー」

　フタの上に次々と並んでいくおかずを、芽依は少し強張《こわば》った顔で見ていた。

　ふたりがひとしきりおかずを渡し終えたところで、莉々子がちらっとこちらを見た

のがわかった。ひなたはあげないの、とその視線は言っていた。──かわいそうな友だちに、恵んであげないの。

気づいていたけれど、わたしはけっきょく、芽依になにもあげなかった。

かまわずひとり無言でおかずを口へ運んでいると、莉々子がちょっとあきれたように息を吐いたのが、かすかに聞こえた。

その日を境に、莉々子たちの芽依に対する態度が変わった。辛辣《しんらつ》になったわけではない。むしろ優しくなった。ものすごく。

芽依の家は、家計が苦しい。今までもなんとなく察してはいたけれど、触れていいものか判断しかねていたその事情が、あの日のお弁当をきっかけに、わたしたちのあいだで共通認識となった。

莉々子たちはなにかにつけて芽依を気遣ったり、ちょっとしたものをプレゼントしたりするようになった。

たとえばお弁当を食べるとき。莉々子たちはあの日以降もずっと、芽依におかずを分け与えるようになった。ハンバーグとかローストチキンとか、芽依のお弁当には決して入っていないようなものを。

「だって芽依のお弁当、お肉がないじゃん。なんかかわいそうになっちゃうっていうか」

なんて言いながら、毎回だいぶ強めに遠慮する芽依にかまわず、彼女のお弁当におかずを載せていった。

そのたび莉々子は、わたしへも時折視線を向けていたけれど、わたしは気づかない振りをした。けっきょく一度も、わたしは芽依へおかずをあげることはなかった。

莉々子たちの〝それ〟が始まってしばらくして、芽依は学校にお弁当を持ってこなくなった。

「お母さんが忙しくなって、お弁当作ってくれなくなっちゃって」

困ったような笑顔でそう告げた芽依は、お昼に、コンビニのおにぎりやパンを食べるようになった。

また、莉々子たちは芽依をコーヒーショップへ誘わなくなった。

「ごめんね、芽依は無理しなくていいから」なんて気遣わしげな声をかけて、芽依がなにも言わずとも、彼女抜きで行くことが、いつの間にか決定事項になっていた。

「申し訳なかったよねえ」

お店のソファ席で期間限定のフラペチーノを飲みながら、莉々子は眉尻《まゆじり》を下げた笑顔で苦笑していた。

「そういえば芽依、いっつもふつうのコーヒーばっか飲んでたもんね。余裕ないのに付き合わせちゃってたってことだよね、あれ」

「ほんと、かわいそうなことしちゃったかも。コーヒーしか飲めないのに、しょっちゅう連れてきたりして」

彼女たちの向かい側で、わたしはただ黙ってその会話を聞いていた。芽依がいつも飲んでいたものと同じ、いちばん小さいサイズのアイスコーヒーを飲みながら。

気づけばコーヒーショップだけではなく、放課後ときどき行っていたカラオケもゲームセンターも、「芽依に無理をさせるのは申し訳ないから」と、彼女抜きで行くようになった。

「大丈夫大丈夫、芽依は無理しないでいいって」

たまに芽依が「あたしも行きたい」と言ってきても、莉々子ははっきりとそう告げて首を振った。あくまで優しく、芽依を思いやるような笑顔で。

そう言われるたび、いつも芽依が軽く顔を強張らせていることには、まったく気づかないように。

「これね、このまえ買ったんだけど、なんかあんまり似合わなくて。芽依にあげるよ」

昼休み、莉々子がそう言って芽依に赤いヘアピンを渡す。はじめてのことではなかった。あの日以降、莉々子はときどき芽依に、ピンやクリップなどのちょっとしたヘアアクセをプレゼントしていた。たいてい、『買ったけれどつけてみたら似合わなかった』というものを。

「え、いいよ、そんな」

差し出された芽依のほうは、いつものように、ちょっと困った顔で手を振ると、

「このまえもあたし、莉々子にクリップもらったばっかりだし。さすがに悪いよ」

「いいって遠慮しないで。ほんとにあたし、これもういらないから。あげるあげる」

ほんとに、の部分を強調して莉々子は言う。莉々子がいらないと言うそのヘアピンは、あまり芽依の趣味にも合っていない気がしたけれど、莉々子は芽依がそれを欲しがっていると信じて疑わないようだった。「ね」と優しげな笑顔で、あらためて彼女にヘアピンを差し出すと、

「ほんとに気にせずもらって。友だちなんだし、遠慮しなくていいんだって。いつも言ってるでしょ」

「……うん。ありがとう、莉々子」

芽依が受け取ると、「どういたしましてー」と弾む声で返した莉々子の顔に、満足げな笑みが広がる。

わたしは向かい側で美緒の髪を結びながら、ふたりのそんな会話を聞いていた。

「よかったねー、芽依」と美緒が芽依に声をかける。美緒のほうも、芽依がヘアピンをもらって喜んでいることを疑わないようなひどく満足げな声で、「ね、つけてみたら？」と続けて促す。

「せっかく莉々子にもらったんだしさ」

「あ、うん……」

「はい、できたよ美緒」

美緒の後頭部に、わたしは声をかける。彼女に頼まれたゆるいお団子が完成していた。

「わ、ありがとー！」

美緒が黄色い声を上げると、それに反応してこちらを見た莉々子も「おおー」と声を上げる。

「すごい、いい感じじゃん。やっぱひなた、めっちゃ上手《うま》いよねえ、ヘアセット」

「うん。うちらの中でもダントッ上手いよ」

「まあ、昔からよくやってたから……」

莉々子に力を込めて褒められ、わたしはちょっと照れながら返す。

昔から、髪をいじるのは大好きだった。わたしの財力では、そう頻繁に服を買ったり美容室に行ったりお金のかかるおしゃれは難しい。そんな中でも唯一手軽にできたおしゃれが、ヘアアレンジだったから。

ゴムとヘアピンさえあればどうにかなるので、本屋さんで本を立ち読みしたりネットで調べたりしながら、あれこれ独学で練習してきた。なかなかの熱量でやってきたので、我ながら、それなりの腕前にはなったと思う。

莉々子たちにもそれは認められていて、こんなふうに、頼まれて彼女たちのヘアセットをする機会も多かった。

「ヘアアクセもさ、いつもかわいいのつけてるもんね、ひなた」

「ほんと、今日のバレッタもめっちゃかわいいし。どこで買ったの？　それ」

「あ、これ百均」

「百均!?」

「そうかな」

「うん。わたしが持ってるの、百均のばっかだよ。雑貨屋さんの高いやつとか、なかなか手出せないし」

笑いながら答えると、莉々子と美緒は大げさなぐらい目を丸くしていた。信じられない、というような顔で。

その横で、芽依だけはちょっと目を輝かせ、「へえ」と声を上げると、

「百均って、そんなかわいいのもあるんだ」

「ね、悪くないでしょ。百均の魅力に気づいてからは、もうもっぱら百均だよ」

「知らなかった。あたしも行ってみようかなあ」

「今度いっしょに行く？」

「え、行きたい！」

ぱっと顔を輝かせ、芽依が食い気味に頷《うなず》く。それがうれしくて、わたしも「じゃあ行こう、今度」と早口に返した。

莉々子と美緒はなにも言わなかった。「あたしも行く」とか、「じゃあみんなで行こう」とか。ただちょっとあきれたように笑っているのが、視界の端に見えた。

——けっきょく、芽依とのその約束が、果たされることはなかったけれど。

「ごめん、わたし、今日行かない」

放課後、例によって芽依以外の三人で、コーヒーショップへ行こうという話が出たある日。わたしははじめて、莉々子たちの誘いを断った。

「は、なんで？」と軽く眉《まゆ》をひそめた莉々子に、

「なんていうか、今日はコーヒーを飲む気分じゃなくて」

早口にそれだけ返すと、わたしは少し前に教室を出ていった芽依を追いかけた。

「――えっ、ひなた？」

昇降口で靴を履き替えていたところだった芽依は、わたしに気づくと目を丸くして、

「どうしたの？　莉々子たちは？」

「今日はわたしも行かないことにした。だから、いっしょに帰ろ」

言うと、芽依は驚いたようにわたしの顔を見つめた。それから一拍置いて、ぱっと顔を輝かせると、

「うん、帰ろ！」

うれしそうな笑顔で、大きく頷いた。

「なにか用事でもあったの？　今日」

「ううん、べつに。ただあんな高いお金出してまで、コーヒー飲む気分じゃなかった

というか」

芽依とふたりだけで帰るのは、これがはじめてだった。

並んで歩きながらしゃべっていると、「わかる！」と芽依はわたしの言葉におかしそうに笑って、

「あそこバカ高いよね。その分おいしいんだろうけどさ、正直あたし、コーヒーの味の違いなんてよくわかんないし」

「そうなんだよ。ぶっちゃけコーヒーなんてコンビニで充分おいしいし」

「ね。まあ、莉々子たちが飲んでるようなフラペチーノとかは、たしかにおいしそうなんだけどさー」

「あれ飲むお金で、晩ごはん食べれちゃうなあ、とか考えちゃう」

「そう、それ！」

全力で頷いてから、芽依は声を立てて笑う。つられるように、わたしも笑った。なんだか久しぶりに、肩の力を抜いて笑えている気がした。

「……ねえ、芽依は」

笑いが途切れたところで、わたしはちょっと迷いながら切り出してみる。ずっと気になっていたけれど、なかなか彼女とふたりきりになる機会がなく、訊《き》きそびれてい

たことを。

「嫌じゃ、ない？　いつも」

「え」

「なんていうか……莉々子たちの、ああいうの、とか」

うまい言い回しが見つからず、なんとも曖昧《あいまい》な訊き方になってしまったけれど、芽依には伝わったようだった。

「あー」とちょっと困ったような笑顔になった芽依は、指先で頬を掻《か》きながら、

「まあ、ほら、莉々子たちに悪気がないのはわかるから」

慎重に言葉を選ぶようにして、それだけ答えた。

わたしも、それはわかっていた。莉々子たちに悪気はない。ただただ純粋な、善意のつもりでやっていること。

だってきっと、彼女たちは知らないから。裕福な家庭に生まれて、見た目もかわいくて、きっと学校でもずっと人気者で。誰かに憐憫《れんびん》の目を向けられたことなんて、これまでの人生で一度だってなかったのであろう、彼女たちは。

同級生に『かわいそう』と言われる、あのみじめさなんて、間違いなく。

「仕方ないよ。向こうは好意でやってくれてるんだもん。変に拒否したら、気を悪く

しちゃうだろうし」

「でも」

「大丈夫大丈夫、べつに意地悪されてるわけじゃないしね」

あっけらかんと笑って、芽依は顔の前で手を振る。たしかに、意地悪ではない。わたしもわかっていた。ただ、これまで育ってきた環境が違いすぎるからこその、嚙《か》み合わなさだった。

──ひなたちゃんってお父さんいないの？ かわいそう。

今まで何度となく言われてきた哀れみの言葉が、ふいに耳の奥によみがえる。

違うのに、とずっと思っていた。

わたしはぜんぜん、かわいそうじゃないのに。毎日、お母さんとふたり、笑顔で楽しく暮らしているのに。そう言われるたび、お母さんと過ごすその日々の楽しさを否定されているような気がしてしまって、ずっと苦手だった、その言葉。

「……でも、なんか」

わたしが返事に詰まっていると、芽依はふと照れたような笑顔になって、ぽつんと呟《つぶや》いた。

目を伏せ、また指先で頬を搔きながら、

「今日さ、はじめてひなたとふたりでいっぱい話せたの、楽しかった」

「うん。わたしも」

思いがけなく芽依がわたしの思っていたことを口にしたので、ちょっと驚きながら、つい食い気味に頷いてしまう。さっきからわたしも感じていた、久しぶりに飾らない本音を話せる楽しさを、芽依も同じように感じてくれていたのならうれしかった。

「前から思ってたけど、あたしとひなたってたぶん、〝同じぐらい〟だよね」

「だね。たぶん」

「……ときどき、こうやっていっしょに帰れたらいいな」

はにかみながら芽依が小さく呟いた言葉を、「帰ろう」とわたしは全力で拾う。

「莉々子たちがまたフラペチーノ飲みにいく日とか」

「あたし、どうせ外されちゃうしね」

「わたしもこれからは断るから。それで、いっしょにコンビニのコーヒー飲も」

「いいね。セブンのおいしいよね」

——だけどけっきょく、そんな日は来なかった。

芽依といっしょに帰ったのも、それが、最初で最後になった。

「ひなたさあ、なんでいつも芽依にあげないの？」

莉々子にそう訊かれたのは、昼休み、いつものように教室で四人でお弁当を食べていたときだった。

「え、なにが？」

「いやなにがって」

莉々子のほうを見ると、彼女はぎゅっと眉根《まゆね》を寄せ、あきれたようにため息をついてから、

「お弁当のおかずだよ。なんでひなたは、芽依になにもあげないの？」

その日は久しぶりに、芽依が学校にお弁当を持ってきていた。そして例によって、莉々子と美緒は自分たちのお弁当からおかずを芽依に分け与えていた。「それじゃあぜったい足りないでしょ」とか、「またお肉ないじゃん」とか、気遣わしげな声をかけながら。

わたしはその向かい側で黙ってお弁当を食べていたのだけれど、それが駄目だったらしい。

「……なんでって」

強めの語調で訊《たず》ねる莉々子の目はあまりにまっすぐで、なんの迷いもなかった。自

分の正しさを、みじんも疑わない目だった。それにざらりと胸の表面を撫《な》でられるのを感じながら、わたしは返す。

「べつに、あげなくてもいいと思うから」

なぜあげないのか、に対する答えなら、それ以外なかった。

以前から、莉々子がわたしにそう訊きたがっていたのは、なんとなく察していた。

自分たちが芽依におかずをあげるとき、わたしが、『じゃあわたしもあげる』と言い出さないのを、彼女はいつも不満そうに見ていた。

気づいていたけれど、気づかない振りをしてきた。ずっと。

「は？」と莉々子が眉をひそめる。

ひどく単純な答えのはずなのに、なにを言われたのか理解できなかったように、彼女は何度かまばたきをしてから、

「え、いやなんで？　芽依のお弁当見て、ひなたはなんとも思わないの？」

言われてふたたび目をやった芽依のお弁当は、今日も、素朴ながらおいしそうなおかずが詰められていた。

サバの塩焼き、卵焼き、にんじんのきんぴら、高野豆腐。莉々子たちのお弁当に比べて華やかさは少ないのかもしれないけれど、充分、立派できちんとしたお弁当だ。

そもそもあの日の梅干しお弁当以降、芽依のお弁当におかずがないなんてことはなかった。いつも、心を込めて作られたことが伝わるお弁当を、彼女は持ってきていた。少なくともわたしの目には、ずっとそう映っていた。

だから。

「思わないよ、なんとも」

できるだけはっきりとした口調で言い切ってみると、莉々子はますます、信じられない、という顔で眉根を寄せた。

「……なにそれ、冷た」

低い声で、ぼそっと吐き捨てられる。

その声に敵意がこもったのを、そこで感じた。

「前からちょいちょい思ってたけどさあ」言いながら、莉々子は苛立《いらだ》たしげに前髪を搔きあげると、

「ひなたって、そういうところ薄情だよね」

「そういうところ?」

「芽依を、気遣ってあげたりしないところだよ」

莉々子はもうはっきりと、わたしを睨《にら》んでいた。口調も、あからさまに糾弾するも

に変わっていた。芽依に〝優しく〟してあげない、薄情なわたしを。

「ふつう友だちならさ、いろいろしてあげたいって思うもんじゃない？　友だちが困ってたら助けてあげたいとか、思わないわけ？」

「そりゃ、困ってるなら助けてあげたいけど」

「うそでしょ。今ひなた、芽依になんにもしてあげてないじゃん」

「だって今、芽依が困ってるとは思わないから」

「はあ？」

明らかにピリピリしはじめた空気に、美緒と芽依はおろおろした様子でわたしたちの顔を交互に見比べていた。

「あ、あの」と芽依がなにか口を開きかけたのがわかった。だけどそれより先に、

「信じらんない」と莉々子が投げつけるように言葉を継ぎ、

「どんだけ鈍感なの。これ見て、ひなたは芽依がかわいそうって思わないんだ？」

「……それ、さ」

莉々子が苛立たしげに、芽依のお弁当を指さすのを見たときだった。

強烈な不快感が胸を貫き、気づけば声があふれていた。

「やめなよ」

「は？」

「その、かわいそう、って言うの」

限界だった。莉々子のそれが、最後のひと押しになった。

口を開くと、わたしの中にずっと降り積もっていた苛立ちが、勢いよくあふれ出るのを感じた。莉々子に悪気はないのだからと、ずっと必死に、呑《の》み込んできた言葉が。

「前から思ってたけど、人のお弁当にかわいそうとか言うの、あんまり良くないと思う。どこか遊びいくときに芽依だけ外すのとかも。そういうのってなんか、見下してるような感じがするから」

まっすぐに莉々子の目を見据えながら告げれば、彼女は一瞬、息を止めたように黙った。目を見開き、わたしの目を見つめ返す。

それから数秒、辺りから音が消えたような気がして、そこで気づいた。

美緒と芽依だけではない。教室にいるクラスメイトたちが皆、何事かという視線をこちらへ向けていることに。

それは、ぞっとするほど静かな、沈黙だった。まるで教室中が息を詰めて、わたしたちを窺《うかが》っているかのような。

そんな奇妙な沈黙の中だった。莉々子の顔からゆっくりと表情が剝《は》がれ落ちていく様が、不思議なほど鮮やかに見えた。

不機嫌そうに歪《ゆが》んでいたその顔が、なんの感情もない、能面のような無表情になる。

そして次の瞬間、彼女は見限るようにわたしから視線を外した。

それきり、もう二度と、莉々子がこちらを見ることはなかった。

莉々子は無言で、机の上に広げたお弁当を片付けはじめる。まだ中身は少し残っていたけれど、かまわずフタを閉め、巾着《きんちゃく》袋に入れる。

それを見て、美緒と芽依は瞬時に悟ったようだった。莉々子の意図を、そして今、自分が誰につくべきなのかを。きっと一瞬で、賢明に判断した。

迷うような間はなかった。莉々子に倣うよう、ふたりも黙って食べかけのお弁当を片付けはじめる。ふたりとも、わたしにはちらりとも視線を寄越《よこ》さなかった。それこそが、ふたりの示した答えだった。

「――行こ。美緒、芽依」

巾着袋と紅茶のペットボトルを手に、莉々子が立ち上がる。そうして短くそれだけ言うと、返事は待たず、さっさと背を向けた。

早足で教室を出ていく彼女のあとを、美緒と芽依も追う。一度も、こちらを振り向くことはなく。

三人がいなくなった教室は、しばし、不自然な静けさに包まれていた。

そこここから、戸惑ったような視線が向けられているのはわかった。だけど誰も、わたしに声をかけてはこなかった。ただ遠巻きに、決して好意的ではないことだけはわかる視線で、ちらちらとわたしを見ていた。

教室の空気ごと、数分前とは塗り替わってしまったのを、嫌でも感じた。

やがて、クラスメイトたちは気を取り直したように雑談を再開していき、喧騒《けんそう》が戻ってくる。それでも塗り替わった空気や、わたしへ向けられる視線が、戻ることはなかった。

決して、戻ることはなかった。

——それが、始まりだった。

その日から、わたしは莉々子たちの〝敵〟と認識され、これまでとは一変した日常が、始まった。

＊

目を覚ますと窓の外が明るくて、そのことに少し、絶望的な気分になった。最近は、毎朝そうだった。

鉛みたいに重たい身体を、気合いで布団から引きはがす。

ベッドを下りる。この瞬間がいつも、いちばん気が滅入《めい》る。目の前が暗い。

――また、一日が始まる。

「おはよー、ひなた」

リビングへ行くと、お母さんがばたばたと食器を流しへ運んでいるところだった。

わたしより早く家を出るお母さんは、わたしが起きる頃にはすでに朝ごはんを食べ終えている。わかっているけれど、わたしは最近、この時間にしか起きられない。起きられなくなってしまった。以前はお母さんに合わせて早起きをして、いっしょに朝ごはんを食べていたのに。

毎日、夜中遅くまで起きているせいなのはわかっている。朝がとにかくきつくて、起き上がるのもひと苦労で、食欲なんてかけらもない。朝が来るたびこのだるさに後悔するのに、どうせ今日も夜になれば忘れて、わたしはまた夜更かしをする。眠ったら、次の朝が来る。ただただそれが嫌でたまらなくて、意味もなく。

「お金、そこに置いてるからね。あれでお昼買ってね」

リビングを出ていくとき、お母さんは思い出したようにそう言ってダイニングテーブルのほうを指さした。見ると、そこには五百円玉が置かれていて、

「え、お小遣いから出すからいいのに」

「いいのいいの、ごはんは大事なんだから。ローストビーフ丼《どん》でもなんでも、ちゃんと食べたいの買いなね」

じゃあいってきます、と笑って、お母さんはわたしと入れ替わりにリビングを出ていった。

「いってらっしゃい」とその背中に声を投げてから、わたしはのろのろとダイニングの椅子に座る。

テーブルには、今日もお母さんが用意してくれた朝ごはんが並んでいる。トースト、目玉焼き、レタスとミニトマトのサラダ。いつも変わらないその朝食も、気づけば朝の象徴として、わたしの気をより滅入らせるもののひとつになっている。

これを食べたら、わたしは家を出なければならない。

——学校に、行かなければならない。

点《つ》けっぱなしになっているテレビには、朝の情報番組が映っていた。今やっている

のは、視聴者から送られた面白い動画を紹介するコーナー。動画が流れ、アナウンサーのおかしそうに笑う声が響いてきたとき、わたしはほとんど衝動的に手を伸ばし、リモコンの電源ボタンを押していた。

ぶつん、と声が途切れ、画面が真っ暗になる。そうして静寂に包まれた部屋の中で、わたしはまた必死に、朝ごはんを口へ押し込みはじめる。


外に出ると、今日も眩《まぶ》しいぐらいの日差しが燦々《さんさん》と降り注いでいた。

――あと、十二日。

じっとしていても汗のにじむような熱気の中を歩きながら、わたしは呟《つぶや》く。

あと十二日。それまで、それまで耐えれば。

……耐えれば、どうなるんだろう。

考えかけて、振り払った。今は考えたくなかった。あと十二日を耐えた、その後のことなんて。

ただ縋《すが》るように〝お守り〟の入った鞄《かばん》の底に触れ、指先でなぞり、その硬さを確かめた。

駅のホームには、今日もたくさんの人があふれていた。サラリーマン、他校の高校生、それに同じ高校の生徒も数人。あいかわらず多くの人たちがスマホを手にしている。その小さな画面に目を落とし、指先をすべらせている。

わたしはその隙間を抜けるようにして、足早にホームの端まで移動する。人の少ないところへ、と思ったのに、今日はめずらしく、そこにも人があふれていた。大学生らしき私服姿の人たちが多いので、近くの大学でなにかイベントでもあるのかもしれない。いちばん端まで行っても、人は多かった。

仕方なく、ホームに並ぶ人たちの列にわたしも並ぶ。ふと前を見ると、その列にいる全員が、スマホを見ているのに気づいた。

どくん、と心臓が嫌な音を立てる。

わたしはあわてて顔を伏せ、鞄からスマホを取り出した。とくになにか見たいものがあるわけではなかった。ただ周りの人たちを視界から外したくて、手元の画面に目を落とした。

意味もなくそこに指をすべらせ、メッセージアプリを開く。いちばん上にあるのはお母さんとのトークで、その下は柊太。ここ最近、わたしはこのふたりとしかやり取りをしていない。

そのまま何気なく画面をスワイプしていると、下のほうに『一年一組』という名前のグループがあった。入学してすぐに、莉々子の発案で作られたグループだ。たぶん、クラスメイトのほとんど全員が入っていたと思う。

以前は毎日頻繁にメッセージが飛び交っていたそこは、今はまったく動いていない。わたしが莉々子たちのグループから外された、あの日を境に。なぜかぱったりと、クラスのグループトークが動かなくなった。

最初はわからなかったその意味に気づかされたのは、それから少し経ったある日の授業中だった。

社会の授業で、その日わたしは先生に当てられて、ちょっとした発表をした。とある環境問題に対する意見を訊《き》かれ、突然のことにちょっと焦りながら、わたしは立ち上がり、当たり障りのない意見を述べた。

その直後だった。クラスメイトたちが次々にスマホを取り出し、机の下でいじりはじめるのを見た。ひとりふたりではなかった。先生が目を離したタイミングで、隠れるように。たくさんのクラスメイトが、一斉にスマホを見ていた。

わたしの斜め前の女子生徒もスマホを手にしていて、位置的に、その画面がちらっと見えた。メッセージアプリの、トーク画面だった。きっとグループトークなのだろう。たくさんの吹き出しがぽんぽんと現れ、流れていく様が、目に焼きつくように映った。

もちろん内容までは見えなかった。だけど嫌になるほどはっきりと、想像がついた。彼女たちがそこで、なにについて話しているのか。わたし以外の多くのクラスメイトが参加しているらしい、そのグループトークで。

一度気づいてしまうと、それは否定する余地もないほど明らかだった。

クラスメイトたち、とくに女子の大半が一斉にスマホを確認するようなタイミングがたびたびあって、そしてそのたび、彼女たちの視線はちらちらとこちらを向いた。それはたいてい、わたしが授業でなにか発言したあとだったり、わたしのクラスにやってきた柊太と、なにか話したあとだったりした。

そこでどんな会話が交わされていたのかはわからない。彼女たちは決して、口に出すことはなかったから。

だからわたしはあるときから、考えないようにしようと決めた。

彼女たちがなにを話していようと、わたしの耳に届かないのなら、その声はわたしにとって、〝ない〟のと同じだから。

聞こえない以上、そもそも彼女たちが本当にわたしのことを話しているのかだって、実際はわからない。わたしがそう思い込んでいるだけで、実は勘違いなのかもしれない。

だって聞こえないのだから。わからないのだから。

〝わからない〟ことに、わたしは縋っていた。

それが、救いだと思っていた。その頃は、まだ。


はあ、と重たいため息をついて、メッセージアプリを閉じたときだった。

背後で、カメラのシャッター音がした。

そう近くではなかった。なのにホームにあふれる喧騒《けんそう》にかき消されることもなく、その音ははっきりと、わたしの耳まで届いた。

心音が、耳元で大きく鳴る。全身が強張《こわば》る。

思わず振り返ったそこには、スマホに目を落とすたくさんの人たちがいた。誰もわたしのほうなんて見てはいない。ただ手元の小さな画面を見つめ、指先をすべらせている。無表情に、ぼんやりとした目で。

見慣れたはずのそんな光景に、なぜかその瞬間、強い目眩《めまい》がした。

ざあっと顔から血の気が引く。指先が冷たくなり、かすかに震えだす。

わかっていた。今、周りにいるのはなんの面識もない人たちばかりだ。誰もわたしのことなんて知らない。わたしのことなんて見ていない。だから当然、わたしを撮ったりもしていないはずで。さっきのシャッター音だって、ただスマホの画面をスクショしただけとか、そんな、わたしとはなんの関係もない音だったはずで。

わかっている。わかっている、のに。

指先の震えが強まり、全身へ巡る。奥歯が鳴る。息が、うまく吸えない。

──怖い。

周りの人たちがスマホを見ている、ただそれだけの光景が。

その瞬間、ぞっとするほど、恐ろしいものに見えた。

『あっ、ごめんねー？』

振り払うように、ぎゅっと強く目を瞑《つぶ》ったときだった。

ふいに、耳の奥によみがえってきた声があった。

一ヵ月ほど前に聞いた、笑いのにじむ、それでいてひどく冷たい、莉々子の声。

『蹴《け》っちゃったー。大丈夫ぅ？』

あの日、じわりと制服に染みこむ冷たさは、一拍遅れて知覚した。

呆然《ぼうぜん》としながら顔を上げると、こちらを見下ろす莉々子がいた。細められたその目を、わたしは今も鮮明に覚えている。

掃除の時間だった。わたしは雑巾《ぞうきん》で昇降口の床を拭《ふ》いていて、すぐ傍に水を入れたバケツを置いていた。そこへ莉々子が歩いてきたかと思うと、突然、そのバケツを思いきり蹴ったのだ。

避《よ》ける間もなかった。こちらへ向かって勢いよくひっくり返ったバケツは、冷たい水を盛大に、わたしの身体へ降りかけていた。

『ねえ、制服けっこうやばいことになってるけどー』

莉々子の隣には、美緒と芽依もいた。美緒は笑っていて、芽依はわたしから顔をそむけるように、どこか違うところを見ていた。

『ぼーっとしてないでさ、早く着替えたほうがいいんじゃない？』

莉々子に言われるまま自分の身体を見下ろしたわたしは、そこでようやくぎょっとした。

その日は暑くて、半袖《はんそで》のシャツだけを着ていた。ぐっしょりと濡《ぬ》れた白いシャツの下には、下着が透けていた。気づいた途端、かっと顔に血が上る。周りにいた人たちが何事かという視線をこちらへ向けていることにも、そこで気づいた。

わたしは弾《はじ》かれたように立ち上がると、教室へ走った。すれ違う人たちが怪訝《けげん》な目を向けてくるのも、かまっている余裕はなかった。

教室に入ると、中にいたクラスメイトたちも、驚いたようにこちらを見た。ひそひそと、こちらを見ながらなにかしゃべりはじめる人たちもいた。けれどそれも、そのときは気にしていられなかった。とにかく今の格好をなんとかしたくて、わたしは夢中で鞄《かばん》の中を探った。幸いその日はジャージを持ってきていたから、急いでそれを引っ張り出したときだった。

カシャ、と後ろでカメラのシャッター音がした。

瞬間、心臓が冷たい鼓動を打った。

振り向くと、何人かのクラスメイトがスマホを掲げていた。その光景に、もう一度、頭から氷水をかけられたようだった。

彼らの表情は様々だった。ニヤニヤと笑っていたり、眉《まゆ》をひそめていたり、無表情で隣の人となにかささやき合っていたり。ただ一様に、冷たかった。彼らの目も、こちらへ向けられているように思える、スマホのレンズも。

——今、誰か撮った？

訊《たず》ねたかった言葉は、喉《のど》の奥で固まって、出てくることはなかった。

訊ねたところでどうにもならないのは、もうわかっていた。

どうせ誰も答えてはくれない。それどころか、問い詰めたことで逆に責め立てられる光景が、嫌になるほどはっきりと想像できた。そうなったとき、わたしを助けてくれる人なんて、きっとこの場にはひとりもいないことも。

——だってこの教室に、わたしの味方は、もういない。

わたしが莉々子たちの〝敵〟になってしばらく経ち、気づけば莉々子たちだけでなく、他のクラスメイトたちのわたしに対する態度もがらりと色を変えて。それぐらいは、もうとっくに、悟っていた時期だった。

どくどくどく、と耳元で鼓動が鳴る。

あの日被《かぶ》った水の冷たさが、急に、鮮明によみがえってきたようだった。足が震え、背中に汗がにじむ。

縋《すが》るように、わたしはスマホに置いた指先を動かした。

カレンダーアプリを開く。夏休みの開始日に大きな花のスタンプを貼った、七月のカレンダーを見る。指をすべらせ日数を数える。もうとっくに把握している、その日までの残り数を。また繰り返し、何度も確認する。

——十二日。

夏休みまで、あと、十二日。

それ以外、なにも考えないようにしていた。減っていくその数字だけをよすがに、今のわたしは生きていた。

朝、鉛のように重たい身体を布団から引きはがすときも。

汗をにじませながら、地面に張りつきそうな足を必死に前へ進めるときも。

うまく呼吸ができない、ひどく息苦しい教室で、ただただ途方に暮れるほど長い一日の終わりを待っているときも。

そうしてようやく一日を終えても、夜にはもう次の朝を迎える憂鬱《ゆううつ》につかまって、眠れずにいるときも。

ただ、それだけを考えていた。それまで耐えれば救われると、何度も何度も、言い聞かせてきた。

だけど、と、ふいに胸の奥のほうで声がする。

ずっと底に沈めて、聞こえない振りをしてきた声だった。

十二日耐えて、夏休みがきたとして。

――それで、どうなるのだろう。

夏休みはいずれ終わる。一ヵ月なんて、きっと驚くほどあっけなく過ぎる。

夏休み明け、わたしに都合よく状況が変わっているなんてことは、きっとない。夏休み前と変わらない日々が、また始まる。息すらうまく吸えない、水槽の底に沈んでいるような日々が。

そうしたら今度は、わたしはなにをよすがにして耐えるのだろう。また新たにカウントダウンを始めるのだろうか。今度は冬休みまで。あと百十日――。

考えたらぞっとして、目眩《めまい》がした。

足首をつかんだ真っ黒な恐怖が、ゆっくりと這《は》い上がってくる。

夏休みまで耐えれば、と思っていた。そこがこの苦しい日々の、終わりのつもりでいた。

だけど終わらないのだ、と、わたしは急に目が覚めたように思う。夏休みのあとも、この日々は続いていく。今は七月で、クラス替えまではまだ八ヵ月以上もあって。そもそもクラス替えをしたとして、状況が変わるのかどうかもわからなくて。もし変わらなかったとしたら、残りは八ヵ月どころか二年八ヵ月。卒業まで、この日々が続くということで。

――ああ、無理だ。

瞬間、ふいに足元が抜け落ちるように思った。

二年八ヵ月。いや、たとえクラス替えまでの八ヵ月だったとしても。今のわたしには、ほとんど永遠にも思えるぐらいの、途方もない時間だった。

八ヵ月先なんて遠すぎて、想像すらできない。本当にやってくるのかも信じられない。そんな遠すぎるものに、希望なんて抱けない。終わりが、見えない。

逃げたい。

足が、ずるりと一歩後ろへ下がる。

帰ってしまおうかと一瞬思った。だけどすぐに、踵《きびす》を返しかけた足が止まった。

——帰って、どうなるのだろう。

そうやって一日逃げたとして、きっと次の日は、今日よりもっと苦しい。その苦しさに明日《あした》も休んでしまったら、その次はもっと。そうして逃げれば逃げるだけ苦しさが積もっていくのは、嫌になるほどわかっていた。

ああ、そうだ。それが怖くて、わたしはずっと、意地でも学校に行き続けていたんだ。どんなに頭が痛くても、吐き気がしても、ずっと。

今更、そんな一時しのぎの休息はいらなかった。欲しいのは終わりだった。これから先続いていく日々を、もうぜんぶ。断ち切って終わらせたいと、それだけ、強烈に願った。

復讐《ふくしゅう》のことも、お母さんのことも、その瞬間のわたしの頭には、なにひとつ過《よぎ》りはしなかった。

ただ、今日も明日もこの先もずっと、学校へ行かなくていい。あの教室に入らなくていい。莉々子たちに会わなくていい。

その願いが叶《かな》うなら、他のことなんてぜんぶ、どうでもいいと思った。

なにを捨てたって、いいと思った。

電車の到着を告げるベルが鳴る。線路のほうへ目をやると、向こうからやってくる赤い電車が見えた。毎朝乗っている快速電車が、ホームに滑り込んでくる。

乗らなきゃ、と頭ではわかっていた。それでも足が動かなかった。

立ちつくすわたしの横をすり抜け、みんなが電車に乗り込んでいく。ホームから、一気に人が消えていく。

それをただ途方に暮れたように、ぼうっと眺めていたときだった。

「──ひなちゃん」

聞き慣れた、やわらかな声がした。同時に、ぎゅっと右手をつかまれる。

「おはよ」

その手の熱が、わたしの手のひらを伝って胸まで届く。

それが驚くほど温かくて、いつの間にかわたしの身体がすっかり熱をなくしていたことに、そこで気づいた。

「ね、ひなちゃん」

振り向くと、いつもと同じ顔で笑う柊太がいた。

だけどわたしの手を握る手には、痛いほど力を込めながら、

「今日さ、学校サボろうよ」

気づけば、ホームにいるのはわたしと柊太のふたりだけになっていた。

わたしの手を握ったまま、まっすぐにわたしの目を見つめた彼が言う。

「一日サボってさ」昨日と同じ言葉を、昨日と同じ表情で。

「いっしょにどっか、遊びいこう」

電車のドアが閉まり、ゆっくりと動きだす。

そうして喧騒《けんそう》の去ったホームで、わたしは黙ったまま、柊太の手を強く握り返した。

第三章

……やってしまった。

窓の外を流れていく見慣れぬ景色を眺めながら、わたしは頭の隅で思う。

今の時刻は八時五十分。学校の始業時刻は、もうとっくに過ぎている。

あのあと。ホームで下り電車を見送ったわたしは、柊太といっしょに、その五分後にやってきた上り電車に乗った。わたしたちの通う高校とは、反対方向へ向かう電車に。

あの瞬間のわたしには、そうする以外考えられなかった。

学校へ向かうことも家へ戻ることもできなくて、どうすればいいのかわからなくなって、そんなときにわたしの手を引いてくれた柊太の手に、縋《すが》ることしか。

それでも電車に揺られているうちに、しだいに冷静さが戻ってきた。自分が今学校をサボっている、という事実が、じわじわと胸に染み入ってくる。

サボるなんて、生まれてはじめてだった。

大丈夫なのだろうか。これからどうなるのだろう。お母さんに連絡がいっていたりするのだろうか。

そんな不安が、頭の片隅に過りはじめたとき、

「ねえひなちゃん、朝ごはんって食べた？」

向かい側からは、そんな物思いも吹き飛ばすような、能天気極まりない声が飛んできた。

目をやると、微笑みながら鞄《かばん》からメロンパンを取り出している柊太がいて、

「メロンパンあるからあげる」

「……いらない。食べたから」

「じゃあデザートってことで」

「いや、デザートにメロンパンはちょっと」

差し出されたメロンパンを押し返しながら、ふと、昨日も中庭でこんなやり取りをしたことを思い出す。昨日から、どうしてもわたしにメロンパンを食べさせたいらしい柊太は、

「甘いしいけるいける。甘いものは別腹なんでしょ？　女子って」

「別腹になる甘いものってこういうのじゃないから。とにかくいらない、お腹いっぱい」

「食べたら、ちょっとは元気出るかもよ」

「え」

「メロンパン食べると幸せになれる、マジでこれ魔法の食べもの。って、ひなちゃんよく言ってたし」

わたしは黙って彼の手元に目を落とした。昨日も彼が買ってきていた、その大きなメロンパンを眺めながら、

「……そんなにわたし、元気なさそうに見える？」

「うん。なんか死にそう」

「え」

「死にそうに見えた。さっき」

顔を上げると、思いがけなく真剣な顔でわたしを見つめる柊太と、目が合った。

思わず言葉に詰まる。

まさか、と笑い飛ばすことはできなかった。そうだったかもしれない、と心のどこ

かでは気づいていたから。

さっき。あのままずっと、ホームにひとりで立ちつくしていたら。柊太がわたしの手を、握ってくれなかったら。

あのときのわたしは、突然出口の見えない洞窟《どうくつ》に閉じ込められたみたいだった。目の前が真っ暗で、どこへ行けばいいのかわからなくて、つかの間、パニックになった。

その一瞬に、朝日を浴びた目の前の線路が、誘うように輝いて見えたことにも。

「ひなちゃん」

思い出すと今更ぞっとして、膝《ひざ》の上でぎゅっと拳《こぶし》を握りしめたときだった。

ふいに柊太がこちらへ手を伸ばし、そんなわたしの手に重ねた。

「今日、これからどこ行こっか」

さっき、ホームでわたしの手をつかんだときみたいに。冷え切ったわたしの手に体温を移すよう力を込めて握りしめながら、

「ひなちゃん、どこか行きたいところある？」

「……とくには」

あいかわらず、柊太の手はわたしよりずっと体温が高かった。その熱がじわりと手のひらを伝って、全身に広がる。

「じゃあとりあえず、おれの行きたいところに行っていい？」

「いいよ、どこでも」

「てか、よく考えたらこれ、初デートじゃない？　おれら」

話しているあいだ、柊太はずっとわたしの手を握っていた。離せば、わたしがどこかへ走っていってしまうとでも思っているみたいに。

だけど今はわたしもそうしていてほしくて、なにも言わなかった。

その手が、今のわたしを、この世界につなぎ止めてくれているような気がした。

「……これデートなの？」

「そりゃあ、ふたりで遊びにいくんだからデートです」

「でも、それなら小学生の頃に何回もあるよ」

「いやいやいや、それとこれとはぜんぜん違うでしょ。え、マジで言ってんのひなちゃん」

本気で愕然《がくぜん》とした顔をする柊太がおかしくて、わたしはちょっと笑った。なんだか、ずいぶん久しぶりに笑ったような気がした。

そのことに自分で少し驚いていると、柊太もそうだったのか、彼は一瞬真顔になってわたしの顔を見つめた。だけどなにも言わなかった。すぐに笑顔に戻った彼は、軽く目を伏せ、わたしの手を握る手に、また少し力をこめた。

短い相談の末、「ほら、とりあえずなんかいろいろあるし」ということで、隣の市にあるショッピングモールに行くことになった。

休日に何度か訪れたときはいつも人であふれていたそこも、平日朝はさすがに閑散としていた。

まばらに人が行き交うだだっ広い店内を、とりあえずぶらぶらと歩いていると、

「あ、そうだ、映画観る？」

ショッピングモールには映画館も併設されていて、店内には映画案内のモニターがいくつかあった。歩きながらそれが目に留まったらしい柊太が、ふと思いついたように指さしながら、

「ほら、あの、『クリープメロウ2』ってひなちゃんが好きな映画じゃん」

「え？……あ、ほんとだ」

たしかにそれは、わたしが中学生の頃に観てハマった映画の続編だった。一年前、続編制作が決まったというニュースを聞いたときは喜んだし、楽しみに待ってはいたけれど、もう公開が始まっていたのは知らなかった。

「ひなちゃん、もしかしてもう観たりした？」

「いや、まだ……」

というより、もともと映画館に観にいく予定はなかった。単純に金銭的な理由で。昔から映画を映画館で観るという発想自体があまりなく、今回も最初から、ＤＶＤのレンタル開始を待つつもりでいた。

だけどわたしの答えを聞いた柊太は、ぱっと顔を輝かせ、

「じゃあ、めっちゃちょうどいいじゃん。時間もいい感じだし、観ようよ」

言うなり、意気揚々と柊太が映画館のほうへ足をむけかけたので、「えっ、や、でも」とわたしはあわてて声を投げる。

「あれ続編だし。前作観てないとたぶんわけわかんないよ」

「おれ、観たよ」

「え、観たの？」

「ひなちゃんが好きな映画は、そりゃ観るでしょ」

驚くわたしに、柊太のほうは至極当然の常識を語るかのような口調で、

「ひなちゃんの好きなものはちゃんと知っておきたいし。そうしたら今後ひなちゃんとそれについて語り合えるかもしれないし」

臆面《おくめん》もなくさらりと言い切ってみせた柊太に、わたしは一瞬あっけにとられた。

「だから」そんなわたしのほうを、柊太は明るい笑顔で向き直ると、

「問題なしです。『クリープメロウ』についてはしっかり予習済みなので」

「……あの、ごめん」

「うん？」

誇らしげにぐっと親指を立ててみせる柊太の隙のなさに、けっきょく、正直に言うしかないと悟った。顔を伏せながら、わたしはもごもごと口を開くと、

「映画は、ちょっと……」

「え、なんで？」

「その、わたしの財力的に、あんまり……」

正直、千円はわたしにとってだいぶ大金だった。しかも今日は突発的にやってきたので、持ち合わせも少ない。どうしても、ここでぽんと千円を出すのは抵抗があった。

だけどわたしの答えを聞いた柊太は、え、とちょっと不思議そうな顔になって、

「そんなの、おれが誘ったんだからおれが出すよ」

「へ」

「当然でしょ。初デートなんだし」

なんとも当たり前のようにさらっと告げられた言葉に、わたしはぎょっとして大きく首を横に振る。

「いやいや、それはだめだめ！　映画たっかいし！」

「ひなちゃんと映画デートができると思えば、ぜんぜん安いもんですよ」

「いやいやいや、とにかくだめだって。それに、そう、わたし映画館って苦手で！　好きな映画は家でゆっくりと観たい派だから！」

「二回観たらいいじゃん。それにたぶん今の時間ならガラガラだし」

「違くて、その、一回目を家でゆっくり観たいの！　ひとりでじっくり噛《か》みしめながら！」

それでもしばらく柊太は渋っていたけれど、わたしが頑《かたく》なに拒否していると、どうにか諦《あきら》めてくれたようだった。とてつもなく不満そうな顔はしつつ、「わかった」と頷《うなず》いて、

「映画がだめなら、どうしよっか」

「とりあえずぶらぶらしようよ。そう、わたし、ぶらぶらがしたい」

ということで、ふたたび店内をあてもなく歩きはじめて、少し経ったときだった。

「あ、そうだ。百均行こう」

「……え」

「ひなちゃん、百均好きじゃん。二階にあったよね？　ここ」

そう言った柊太の笑顔には、もちろん悪意なんて見えなかった。ただ純粋に、わたしが以前そう言ったことを覚えていて、わたしのために提案してくれたのだということもわかっていた。

それでもふいに向けられた彼の言葉に、心臓が凍りつくような感覚がした。つかの間、息が止まる。顔が強張《こわば》るのが、自分でわかった。

「ひなちゃん？」

柊太も気づいたらしく、ふっと真顔になってわたしの顔を見ると、

「どうかした？」

「あ、いや、なんでも……」

心配そうに眉《まゆ》を寄せる彼に、あわてて首を横に振ろうとしたときだった。

近くで、女の子の高い笑い声がした。

瞬間、びくりと肩が揺れる。思わず声のしたほうを振り向くと、五メートルほど後ろを、ふたりの女の子が歩いていた。大学生ぐらいの、髪を染めてメイクをした私服姿のふたり。「だっさ！」と大きな声で笑う彼女たちの声は、こちらまでよく響いた。

「なにそれ、うけるんだけど！」

「ねっ、やばいでしょ」

　ふたりとも知らない人たちだった。当然会話の内容もわからない。それでも彼女たちの声がわたしの耳へ届くたび、全身から急速に熱が引いた。ひゅっ、と喉《のど》が音を立てる。

　似ていた。どうしようもなく。その声も、笑い方も。

「――ごめん、ちょっとトイレ」

「え？」

　わたしは早口に告げると、ほとんど衝動的に、その場から逃げだしていた。柊太の戸惑ったような声が背中にかかったけれど、振り返ることはできなかった。

　そのまま近くにあったトイレに駆け込み、洗面台の前に立つ。そこで自分の顔を見て、そのひどさにぎょっとした。まるで今しがた、お化けにでも遭遇したみたいな。

　蒼白《そうはく》な顔は、ひどく怯《おび》えたように引きつっていた。

　――なんで。

　洗面台に置いた手もぶるぶると震えていて、そのことに自分で困惑する。

　べつになにかがあったわけではない。ただぜんぜん知らない人たちが、わたしの近くで笑っていただけ。その声と笑い方が、莉々子のものによく似ていただけ。ただ、それだけのこと、なのに。

『百均のアクセとか、よく平気でつけられるよね。あたし恥ずかしくて無理なんだけど』

『てか、そんな安物しか買えないなら、そこまで必死におしゃれしなくていいじゃんって感じ』

『わかる。ていうか元があれなんだから、頑張ってもお察しっていうか』

莉々子たちの声が、絶えず頭の奥で響く。こびりついているように剝《は》がれない、その高い声が。

彼女たちに、面と向かって暴言を吐かれたことはない。聞こえよがしに陰口を叩《たた》くときも、彼女たちは決してわたしの名前は出さなかった。あくまで別の話をしながら、ただその裏に含めた意味はしっかりと伝わるように、彼女たちはわたしにだけ、その罵《ば》倒《とう》を聞かせてきた。

だから無視していた。直接ぶつけられるわけでもないなら、無視してしまえば、そんな声はないのと同じだから。耳に入ってもただ聞き流していた。どうでもいい雑音だと思っていた。思えていた、つもりだった。

わたしには、それぐらいの強さはあると、思っていた。ずっと。

わたしは違うと、信じていたのだ。自ら命を絶ったという、わたしの知らない中高生たちのニュースを見ながら。

どうして死んじゃうんだろう、なんて思っていた。わたしなら、なにがあってもぜったいに逃げない。だってわたしは悪くない。こっちが逃げる必要なんてない。逃げるぐらいならむしろ、死ぬ気で立ち向かってやればいいんだって。死ぬ気になればきっと、それぐらいできるはずだって。

無邪気にずっと、そう信じてきた。

――だけど、違った。

今日だけで何度となく、わたしはそれを突きつけられた。

あんなちっぽけな出来事に震えるほど動揺している今も、駅のホームでつかの間パニックになってしまった、あのときも。

わたしはなにも、考えることすらできなかった。ずっと縋《すが》るように持ち歩いていた

〝お守り〟のことも。肝心なそのときには、一瞬だって頭をかすめなかった。

ただ、今のこの現実から逃げられるなら。

他のことなんてもうぜんぶ、ぜんぶどうでもいいと思った。


「ひなちゃん大丈夫？」

トイレを出るなり、近くで待っていたらしい柊太が、すぐに駆け寄ってきた。

心配そうに眉を寄せる彼に、「大丈夫」とわたしはとりあえず首を振ってから、

「ただ、ごめん、ちょっと」

「ん？」

「自販機行ってきていい？　水買いたい」

さっきから、覚えのある痛みが頭をギリギリと締め上げていた。ここ最近、学校にいるあいだ頻繁に襲われるようになった痛みだった。あまりの頻度に、痛み止めの薬を常備するようになったほど。

「あ、じゃあおれが買ってくるから。ひなちゃんはここで待ってて」

早口に告げると、柊太はわたしがなにか言う間もなく駆けだした。それから三分も経たないうちに、水のペットボトルを手にまた駆け足で戻ってきた。

「はい、どうぞ」

「……ありがとう」

差し出されたそれを受け取ってから、わたしは鞄《かばん》から薬の入った青い箱を取り出す。そうして箱を開けて中の錠剤を出していると、えっ、と横から柊太の驚いたような声がした。

「なにひなちゃん、具合悪いの⁉」

「ううん、ちょっと頭が痛いだけで……」

「だけって、それ大変じゃん！　え、どうしよ。きついなら病院とか行ったほうがいいんじゃ」

「いや、ぜんぜん大丈夫だから。ただのいつものやつだし」

途端にあたふたしはじめた柊太に、わたしはあわてて顔の前で手を振る。だけど、

「いつも⁉」と柊太はわたしの言葉を聞いてさらにぎょっとしたような声を上げ、

「なにひなちゃん、そんないつも頭痛いの？　それやばくない？　なんか病気とかじゃ」

「あ、いや、そういう心配するやつじゃなくて」

「わかんないでしょそんなの。一回でも病院で診てもらったこととかあんの？」

「それはないんだけど、でも、ちゃんとわかるっていうか」

「いやいや、だめだってそういうの。素人判断は危ないって！」

どうやらすっかり心配モードに入ってしまったらしい柊太に、わたしは困った。このままだとわたしの手を引っ張って病院へ連れていきそうな勢いだったので、「あの、違くて」とわたしは口を開く。

病院へ行ったところで、どうせなにも見つからないのはわかっている。

だって、これは。

「精神的なやつ……だと思うから」

「え」

「だから、病院は行かなくて大丈夫」

わたしは顔を伏せ、シートから錠剤を手のひらに押し出す。二錠まとめて口へ放り、柊太の買ってきてくれた水で流し込む。

二週間ほど前に買ったはずの頭痛薬は、すでに残り少なくなっていた。ここ最近は毎日二、三回は飲んでいるせいで、いやに減りが早い。

「……いつから？」

わたしが薬を飲み終えたところで、柊太がぼそっと低い声で訊《き》いてきた。主語はなかったけれど、なにを訊かれているのかはわかった。

「う～ん」とわたしは少し考えてから、

「先月ぐらい？　かな。なんか、クラスでの人間関係がうまくいかなくなっちゃったあたりから、ときどき」

「……やっぱ、原因はそれなんだ」

「他に心当たりないから。まあでも、薬飲めば治まるぐらいだから、ぜんぜん平気だけどね」

できるだけ軽い口調になるよう努めてみたつもりだったけれど、柊太の表情は硬いままだった。むしろぎゅっと眉根《まゆね》を寄せた彼の顔は、そこでよりいっそう強張《こわば》ったようにも見えた。

途方に暮れたようなその表情で、柊太はじっとわたしの顔を見つめる。そうしてしばらく黙り込んだあとで、

「……言ってよ」

絞り出すような声で、ぼそりと呟《つぶや》いた。

え、とわたしが訊き返せば、

「そんなことになってたんなら。もっと早くおれに言ってよ。相談、してよ」

わたしは黙って足元に視線を落とした。

柊太に言うなんて、そんなこと、今までみじんも思い至らなかった。むしろ彼には知られたくないと、ずっと思っていた。相談してどうにかなるようなことではないと思っていたし、それなら柊太に、わたしのことでよけいな心配はさせたくなかったから。

ようやく、順風満帆な学生生活を送れるようになった、彼にだけは。

「いや、だいたいわかるけどさ。ひなちゃんが考えてたことは」

そんなわたしの気持ちを見透かしたみたいに、柊太はちょっと拗《す》ねたような調子で重ねると、

「おれに心配させたくないとか、迷惑かけたくないとか、どうせそんなこと思ってたんだろうけど。ひなちゃんが優しくて頑張り屋さんで、当たり前みたいに自分より他人を優先するところとか、もう充分すぎるぐらい知ってるし、それぐらいはわかってるけど」

でも、と続けた柊太の声が、苦しげに少し掠《かす》れる。

「おれは、言ってほしかった」

「……うん」

「ずっと。今度はおれがひなちゃんの力になりたいって、あの日からずっと、おれはそう思ってるから」

あの日、というのがいつを指していたのかはわからなかった。だけど訊き返すことはできなかった。その声のあまりの切実さに、息が詰まって。ただ小さく、うん、と頷《うなず》くことしか。

「ごめんね」

続けてぽろりとこぼれていた言葉に、うん、と柊太は力強く相槌《あいづち》を打って、

「約束ね」

「え」

「これからは、なんかあったらおれに言うこと。おれがぜったい、なんとかするから。どんな手を使ってでも、おれがひなちゃんのこと、助けてみせるから」

「……うん」

まっすぐにわたしの目を見据えながら告げた柊太の声がどうしようもなく真剣で、じんわりと瞼《まぶた》の裏が温かくなる。

柊太になんとかしてほしいとか、助けてほしいとか。そんなことを思ったわけではないし、これからもたぶん、思うことはないだろうけれど。それでも彼が今、本気で

そう言ってくれていることがわかった、ただそれだけで。

ほんの少し、頭をギリギリと締め上げていたなにかが、ゆるむのを感じた。

わたしの頭痛が落ち着いてきたところで、わたしたちはあらためて、〝ぶらぶら〟を再開した。

「ひなちゃん、行きたいお店あったらぜんぜん、じゃんじゃん入っていいから。遠慮なく」

「うん」

柊太の言葉に頷きはしたものの、どんなに見渡してみても『行きたい』お店なんて見当たらなかった。

服にも雑貨にもコスメにも、今は一ミリも心が動かない。むしろ眺めていると、どんどん気持ちが落ち込んでくる。店頭にディスプレイされている服が以前莉々子が着ていた服に似ていたりすると、それだけで息が苦しくなって、あわてて目を逸《そ》らしたりもした。

自分がここまで彼女たちに対して〝だめ〟になっているなんて、今日はじめて自覚することだった。

「あっ、ほら。ああいうお店とか、ひなちゃん好きじゃなかった？」

なにかを見つけたらしい柊太が、ふと前方を指さす。目をやると、バレッタやカチューシャなど、ヘアアクセがずらりと並ぶ専門店があった。

「あー……」とわたしは曖昧《あいまい》な声を漏らす。

たしかに以前であれば、どうしようもなく心が惹《ひ》かれていたであろうお店だった。

ああいう専門店の商品は高くてなかなか手が出せないけれど、眺めているだけでも充分楽しかった。そこでかわいいヘアアクセを見つけたら、あとで百均へ行って、よく似たようなものを探したりした。

だけど。

「行く？」

すでにそちらへ足を向けながら、柊太が笑顔で訊いてくる。それにつられて、思わず「うん」と頷きかけたときだった。

『いや、だっさ』

また、耳の奥で莉々子の笑い交じりの声が響いた。

『よくあんなださいの、平気でつけてこられるよね。てか、ああいうかわいい系、似合うと思ってんのかな』

「……ううん」わたしは顔を伏せ、力なく首を横に振ると、

「いい、大丈夫。それよりさ、柊太の行きたいところ行っていいよ。わたし今、あんまり見たいものとかなくて」

「え、おれ？」

「うん、せっかく来たんだし。なんか買いたいものとかあるなら、付き合うよ」

そう告げてふたたび歩きだしたものの、どうやら柊太のほうもとくに行きたいお店はないらしい。明らかにあてのない様子で、手持ち無沙汰《ぶさた》に歩いているのがわかって、

「……ねえ、柊太は」

「うん？」

「やっぱり、午後から学校行ったら？」

え、とこちらを振り向いた柊太の肩には、今日も学校の指定鞄《かばん》と黒いエナメルバッグがかかっている。なんとなく、今までは見て見ぬ振りをしてきてしまったけれど。

べつに柊太は今日サボるつもりで家を出たわけでなく、しっかり登校して部活にも出るつもりだったのだろう、きっと。駅のホームでぼうっと立ちつくしている、わたしを見つけたりしなければ。

今更ながらそのことに申し訳なさが湧いてきて、そんな言葉をかけてみたのだけれ

ど、

「うそ、なに、ひなちゃん」

わたしの言葉に、柊太は冗談っぽく傷ついた表情になってわたしを見ると、

「おれとのデート、そんなにつまんない？」

「へ」

「つまんなすぎるから、もう午前中で終わらせたいってこと？」

「あ、いや、そういうわけじゃなくて」

思いがけない言葉が返ってきて、わたしはあわてて顔の前で手を振る。「ただ、ほら」と早口に言葉を手繰る。

「柊太はあんまり、サボったりしないほうがいいんじゃないかな、って」

彼が今、順風満帆な学校生活を送っているのは知っている。校内で見かける柊太はたいてい友だちと楽しそうに笑っていたし、よく知らないけれど、なんだか女子にもそこそこモテているらしい。

わたしと違って、柊太には学校をサボらなければならない理由はない。間違いなく。

だから。

「わたしに付き合わせるの悪いし。柊太は、やっぱりちゃんと」

「帰らないよ、おれは」

言いかけたわたしの言葉をさえぎり、ふいにはっきりとした声で柊太が言った。

それに思わず、え、と声を漏らせば、

「ひなちゃんがどんなにつまんなかろうが、帰ってほしかろうが。おれは今日一日、ひなちゃんとデートをします。悪いけど、これぱかりはもう決めてるので」

「……なにそれ」

「さ、ということで」

力強く宣言したかと思うと、わたしがなにか返すより先に、彼はいきなり気を取り直すように声を上げ、

「動物園に行こう」

「へ」

「おれ、めちゃくちゃ動物園に行きたい。行こう、ひなちゃん」

ショッピングモールを出たわたしたちは、バスに乗って、同じ市内にある動物園へ移動した。

さっきのショッピングモールにも増して、平日の動物園は閑散としていた。

それでなくとも今は七月だ。こんな炎天下に動物園を歩きたがる物好きは、たぶん休日だろうとそういない。

「ひなちゃん、ここ覚えてる？」

ほとんど貸し切り状態のような園内を歩いていると、すぐに汗がにじんできた。

動物園は緑に囲まれた公園の一角にあって、前からも後ろからも蟬の鳴き声が響いている。檻《おり》の中の動物たちも暑いのか、ほとんどみんな日陰から動かない。

ちなみに入園チケットは、柊太がわたしの分も買ってくれた。映画と違って五百円だったし、「おれが行きたくて連れてきたんだし」「初デートなんだし」と力説する柊太に、迷いながらも甘えてしまった。

「なにを？」

「この動物園。おれとひなちゃんが、はじめてしゃべった場所なんだよ」

キリン舎の柵《さく》の前で足を止めた柊太が、そう言って懐かしそうに目を細める。といってもキリンは飼育舎の中に入り込んでいて、目の前にはなにもいないけれど。

「そうだったっけ」

柊太とはじめてしゃべったのがいつだったのかなんて、正直覚えていなかった。

小学三年生の頃だったとは思う。その年のクラス替えではじめて、わたしたちは同じクラスになったから。

いつもひとりでいた柊太のことがなんとなく気になって、なんとなく声をかけているうちに、気づけば仲良くなっていた、ような気がする。

「そうだよ。ちなみにあそこで」

だけど柊太のほうははっきりと覚えているようで、近くにあるベンチを指さすと、

「おれがキリンの絵を描いてて、ひなちゃんはあっちのベンチで、たしかカピバラ？かなんかの絵を描いてて」

「絵？……ああ」

そこでようやく、記憶が少し手繰り寄せられた。

わたしたちの通っていた小学校では、毎年スケッチ大会があった。公園や山など、どこか校外へ出かけて時間内に好きな景色をスケッチするというもので、たしかに三年生の年はこの動物園に来た。

「そのときおれ、青色の色鉛筆がなくなってたんだよね。それで空の色どうしようって困ってたら、ひなちゃんが急にこっち来て。おれに青い色鉛筆、貸してくれたんだよ」

「そうだったっけ」

そこまで聞いても、まだわたしは思い出せずにいた。だけど近くで絵を描いているクラスメイトが色鉛筆がなくて困っていたなら、たしかに貸してあげるぐらいのことはしたのだろう。その頃の柊太にはたぶん、色鉛筆を貸してと気安く頼めるような友だちは、いなかったはずだから。

「そうだよ。それが、おれとひなちゃんの最初のやり取り」

「よく覚えてるね」

「そりゃ覚えてますよ。うれしかったし。そのときさ、ひなちゃん、ここに」

ここ、という部分で、柊太は自分の前髪の右端あたりを指さすと、

「ピンクのお花のピンつけてて。それがめっちゃ似合ってて、かわいかったのも覚えてる」

「……へえ」

「ひなちゃんあの頃さ、いっつもかわいいピンつけてたよね。あれ、毎回マジでかわいいなって思ってた、おれ」

知ってる、とわたしは心の中でぼそりと呟《つぶや》く。

思っていたどころか、柊太は毎回、それを口に出していたから。

最初の会話の記憶は曖昧《あいまい》でも、それは覚えていた。わたしが学校にヘアピンをつけ

ていくたび、柊太が必ず褒めてくれたこと。女の子の友だちですらときどきスルーすることはあったのに、柊太は飽きずに欠かさず触れてくれた。新しいヘアピンをつけていけば、ぜったいにそのことにも気づいてくれた。それ新しいやつだ、それもかわいいね、って。

思えば、その頃からだったような気がする。わたしがヘアアレンジに凝りはじめたのは。

「――今日は、つけてないんだね」

「え?」

「かわいいヘアピン」

ふいに呟くような声で柊太が言って、わたしは彼のほうを見た。柊太もまっすぐにこちらを見ていて、目が合った。

「今日だけじゃなくて」なんだか少し悲しそうな顔で、彼はわたしの頭を指さすと、

「最近、ぜんぜんつけてないね。かわいいやつ」

「……そりゃ、高校生になってお花のピンはちょっと」

「なんで。かわいいのに」

さらっと向けられた言葉に、なぜか一瞬、心臓をぎゅっと握りしめられたような感

覚がした。息が詰まる。

遅れて目の奥まで熱くなってきて、わたしはあわてて顔を伏せると、

「……かわいく、ないよ」

「かわいいよ」

呟いたわたしの言葉に、間を置かず、柊太のひどくはっきりとした声が返ってくる。

「いつも髪型、めっちゃ似合ってたし。どれも、ぜんぶかわいかったよ」

嚙《か》んで含めるようなその口調に、またどうしようもなく、息が詰まる。鼻の奥がつんとする。

いよいよ本気で泣きそうになってきて、わたしは地面を見つめたまま、一度強く唇を嚙むと、

「――お昼」

「え？」

「そろそろ、お昼食べようよ」

お腹なんてぜんぜんすいてはいなかったけれど、振り払うようにそう告げて、キリン舎から離れた。

最初は動物園内のどこかで食べようとしたけれど、日陰で涼しい、ちょうどいい具合の場所が見つからなかった。

けっきょく短い相談の末、もう外へ出てしまうことにした。

まだ園内すべてを回れてはいなかったけれど、ふたりとも暑さにやられて、これ以上は歩き回る気力がなかった。どうせ動物たちもほぼ飼育舎に引っ込んでいたし、もういいか、という意見ですぐにまとまった。

動物園を出たあと、なんとなく涼を求めて近くの河川敷を歩いていると、橋の下がちょうどいい具合の日陰になっているのを見つけた。そこでお昼ごはんを食べることにして、わたしたちは堤防のコンクリートに並んで座った。

川の近くだからか、さっきの動物園よりいくぶん涼しい風が頬を撫《な》でていく。

食べようとは言ったものの、わたしはなにも昼食を持ち合わせていなかったので、朝もらわなかったメロンパンを、柊太からもらった。あいかわらず食欲はかけらもなかったけれど、食べないとまた『具合が悪いなら病院に行かないと！』なんて柊太が騒ぎだしそうで、少しは食べることにした。

「柊太もまたメロンパン？　好きだね」

隣に座った柊太は、今日もわたしにくれたものと同じメロンパンの袋を開けていた。

昨日もそれを食べていた彼の姿を思い出し、わたしが呟くと、

「そりゃあ幸せを運んでくれる魔法の食べものだって、ひなちゃんに言われたから」

「もういいってば、それ」

昨日から何度となく繰り返されるエピソードに、わたしはちょっと眉《まゆ》をひそめる。

小学生の無邪気な台詞《せりふ》は、今聞くとなかなかに恥ずかしい。

だけど柊太のほうはあくまで真面目なトーンで、「いや本当に」と重ねると、

「おれ、マジでそうだなって思ったから、あのとき。それからずーっと、おれのいちばん好きな食べものはメロンパン」

「え、そうなの？　それから？」

「うん。ひなちゃんに教えてもらってから」

たしかに、柊太は昔からよくメロンパンを食べていた。単純に、好きなんだなあ、とだけ思っていたけれど、きっかけがわたしだったなんて知らなかった。

たぶん小学生のわたしは、柊太を元気づけたくて、適当にそんなことを言ったのだろう。あの頃の柊太は、なんだかいつも元気がなくて、暗い顔をしていたから。

「……柊太って」

「うん？」

「ほんと、よく覚えてるね。わたしの言ったこととか」

さっき、動物園でのエピソードも詳細に聞かされたことを思い出し、わたしがちょっと感心して呟けば、

「そりゃ覚えてるよ。あの頃、おれはひなちゃんにマジで救われたんだから」

「……あの頃って」

「小学校の頃。ひなちゃんがいなかったら、おれたぶん、学校通い続けられなかっただろうし」

え、と訊《き》き返しながら柊太のほうを見ると、眩《まぶ》しそうに目を細めて川を眺める横顔があった。「だから」その表情が思いがけなく真剣で、わたしが思わず言葉に詰まったあいだに、

「おれ、なんでもするよ」

「……え」

「ひなちゃんのためなら。なんでもする」

冗談のトーンではなかった。それだけは、わかった。

わたしはあいかわらず言葉に詰まって、そんな柊太の横顔を見ていた。柊太も静かな表情のまま、ただじっと川の水面《みなも》を見つめていた。

「──あ」

そのまましばらく流れた沈黙は、柊太がなにか思い出したように上げた声が、唐突に破いた。「飲み物」言いながらこちらを振り向いた彼と、目が合う。

「え？」

「そういや、飲み物がない。メロンパンめっちゃ喉渇《のど》くのに」

「あ……たしかに」

「おれ買ってくる。近くにコンビニあったし」

言うが早いか柊太がぱっと立ち上がったので、「え、あ、じゃあ」とわたしはあわてて声を投げる。

「わたしもいっしょに行く」

「いいって暑いし。ひなちゃんはここで涼んでて」

「でも」

「いってきます」

笑顔で片手を上げると、柊太は止める間もなく行ってしまった。眩しい日差しの下を駆けていく柊太の背中を見送りながら、ショッピングモールでもわたしのために水を買いにいってくれた彼の姿を思い出す。

けっきょくそのお金は、柊太に渡せていない。これぐらいいいって、と頑《かたく》なに拒否する彼に、まあ百二十円だしいいか、なんて、わたしもわりとあっさり思ってしまった。

今度こそちゃんと渡そう、と思いながら、わたしはメロンパンを膝《ひざ》の上に置く。そうして横に置いていた鞄《かばん》の口を開けると、中を漁《あさ》った。

財布を取り出そうとしたのだけれど、間違えてつかんでいたのはポーチだった。リップや櫛《くし》、小さな手鏡などが入った、水玉のポーチ。ここ最近は、まったく手に取ることすらなくなっていて、ずいぶん久しぶりに目にしたような気がした。

鞄に戻そうとして、ふと手が止まる。

――どれも、ぜんぶかわいかったよ。

さっき柊太が言ってくれた言葉が、耳の奥で響く。

気づけば、わたしはなんとはなしにポーチを開けていた。中からヘアピンを取り出す。リボンの形に白いパールビーズとビジューが並んだ、大きめの華やかなヘアピン。わたしのいちばんのお気に入りで、だからいつでもつけられるように持ち歩いていた。

あの日までは、本当に。

『え、だっさ』

どんなに離れていても、いつだってその声は鼓膜に突き刺さるような鋭さで響いた。そうしてそのまま、ずっと抜けない。わたしがヘアピンを手に取ろうとするたび、何度でも鮮明によみがえってきた。たぶん、これからもずっと。

『あんな派手なの、よく学校でつけられるよね。どんだけアピールしたいんだよって感じ』

『普段は男受けなんて気にしてませんみたいな顔しといて、ああいうところきもいよね』

ぐっと握りしめると、手のひらにビーズが食い込み、鈍い痛みが広がる。それを追うように、さらに力を込めてみた。このまま壊れればいいのにと思ったけれど、わたしにそこまでの握力はなかった。手のひらを開くと、かすかに赤くなった皮膚の上に、ヘアピンはそのままの形で載っていた。

お店で見つけたときは心が躍った。ひと目惚《ぼ》れだった。毎日のようにつけていても、ぜんぜん飽きなかった。

だけどもう今は、つけたいと思わない。これから先も、たぶん思うことはない。

あんな言葉、無視すればいいのだと、頭ではわかっている。どうでもいい人たちの言う、どうでもいい言葉なんて。

だけどそう理解する頭とはべつのところで、すでにそのヘアピンを拒否している自分がいた。見るのも嫌で、ポーチの奥底にしまったまま、取り出さなくなってしまったぐらいに。

そういうものが、今のわたしにはたくさんあった。

お気に入りだったバレッタも、ヘアクリップも、リップも、髪型も。

今はもう、ぜんぶ見たくなかった。

……もう、いいか。

わたしはヘアピンを握りしめたまま、ふっと川のほうへ視線を飛ばした。

水面は日差しを浴びて、穏やかに輝いている。控えめなせせらぎが、心地よく耳をくすぐる。それに誘われるようわたしは立ち上がると、川の近くへ歩いていった。

河川敷の端からは川へ下りる石段が延びていて、その手前で立ち止まる。そこから川を見下ろし、ヘアピンを握りしめたままの右手に力をこめた。

『ださい。似合わない。男受け狙ってきもい』

耳の奥で絶えず響く莉々子の声を振り払うよう、その手を振り上げる。そのまま勢いよく放ったヘアピンは、きれいな放物線を描いてから、水面に吸い込まれるように落ちていった。ぽちゃん、と小さな水音を立て、ヘアピンが視界から消える。

途端、ふっと全身から力が抜けて、唇の端からため息が漏れたとき、

「――えっ⁉　今なにしたのひなちゃん！」

ふいに、背後で柊太のぎょっとしたような声が響いた。

驚いて振り返ると、コンビニのレジ袋をぶら下げた柊太が、こちらへ駆け寄ってくるのが見えた。どうやら一部始終を目撃していたらしい。柊太はわたしではなく、今しがたわたしがヘアピンを捨てた川の水面のほうを見ながら、

「さっきなんか投げた？　キラキラしてたけど、まさかピン？　ピン捨てたの？」

「あ……うん。いらなかったから」

「はあ⁉　なにそれ、なんで⁉」

信じられない、という顔で目を見開いた柊太は、わたしの前まで駆けてきたかと思うと、そのままの勢いで横をすり抜け、川へ下りる石段に足を踏み出した。

みじんの迷いもない足取りだった。「え」わたしが面食らって目を見開いたときにはもう、柊太は川に入っていた。

ばしゃ、と音を立て、スニーカーを履いた足が水に沈む。一歩目で膝あたりまで沈んだ柊太は、それでも一瞬も立ち止まることはなく、川の中をずんずん進んでいく。

「え、ちょ、柊太！」

あっという間に腰あたりまで水に浸《つ》かった彼を見て、ざあっと顔から血の気が引いた。引きつった声が喉からあふれる。

「なにしてんの！　ちょ、ストップ！　ストップ！」

ぎょっとしたのは、思い出したからだ。小学生の頃の柊太は、水泳の授業に一度も参加しなかった。普段の体育は参加したりしなかったり半々ぐらいだったけれど、毎回、水泳だけはぜったいに見学していた。気になって一度だけ理由を訊《たず》ねたわたしに、彼は言っていた。

――ぼく、泳げなくて。

「柊太ってば！」

焦りすぎて上擦る声で、わたしがもう一度名前を呼んだときだった。あっ、と柊太が大きな声を上げた。

「あった！」

叫びながら、柊太は前へぐっと腕を伸ばす。直後、彼の身体がぐらりとバランスを崩した。腕を伸ばした勢いのまま、大きく前のめりに傾いた彼の身体は、ざぶ、と音を立てて水に沈む。飛沫《しぶき》が上がり、つかの間柊太の姿が視界から消えるのを見たとき、心臓が凍った。

「柊太……！」

ひゅっ、と喉《のど》で息が詰まる。全身から熱が引く。

気づけばわたしは飛び降りるように石段を下り、川に飛び込んでいた。

水の冷たさを感じている余裕もなかった。必死に、水をかき分けるように柊太のもとへ進む。

沈んだと思ったのは一瞬で、柊太はすぐにまた水面から顔を出した。そうしてぱっとこちらを振り向いた彼は、そこで驚いたように目を見開いて、

「えっ？　ひなちゃ――」

「柊太！」

なにか言いかけた彼に、わたしは夢中で手を伸ばす。そのとき、ふいに足元の岩が揺らいだ。ずるりと足が滑る。

「わあっ」踏ん張る間もなかった。そのまま前のめりに傾いた身体は、目の前の柊太へ向かって勢いよく倒れ込んでいた。

「わ、っと」

思わず目を瞑《つぶ》ったわたしに、だけど予想した衝撃は訪れなかった。冷たい水の代わ

りに、濡《ぬ》れた布の感触が頬に触れる。

「大丈夫？」

柊太も巻き込んでいっしょに倒れると思った身体は、思いがけなく、彼の腕に抱き留められていた。

耳元で柊太の声がして、ぱっと顔を上げる。わたしの両肩をつかんだ彼は、しっかりとわたしの身体を支えながらそこに立っていて、

「え、てかなにしてんのひなちゃん」

「え」

「なんでひなちゃんまで川入ってんの。危ないよ」

ぎょっとした顔で柊太に心配され、一瞬あっけにとられた。「いや、そっちが！」掠《かす》れた声で突っ返す。

「そっちこそなにしてんの！　なんで川入るのバカ！」

「え、だってピンが」

「なんでそんなの拾いにいくのバカじゃないの！　柊太泳げないんでしょ！　溺《おぼ》れたらどうすんの!?」

息継ぎも忘れてまくし立てたせいで、過呼吸になりかけた。

ぜえぜえと肩を揺らして息をするわたしを、柊太はなぜか一瞬きょとんとした目で見つめた。え、と小さく声をこぼす。

「泳げるけど……」

「え？」

「ああいや、そんなのいいや。いいからまずは上がろう！」

我に返ったように柊太は声を上げると、わたしの手を引いて岸へと歩きだす。ぐっと引っ張るその力が思いのほか強くて、わたしはちょっと驚いた。

少し前を歩く柊太の背中を見る。背が伸びたのは知っていたはずなのに、その背中がこんなに大きくなっていたことに、なぜか、そのときはじめて気づいたような気がした。

「ひなちゃんちょっと待ってて。タオル持ってくるから、ここにいて」

陸に上がるなり柊太は早口に言い置いて、わたしがなにか返すより先に、さっさと走っていった。

橋の下に置きっぱなしだったエナメルバッグから、タオルを二枚取り出す。そうしてそれを手に戻ってくると、「はい、拭《ふ》いて」と当然のように二枚ともわたしに渡し

てくるので、

「いや、一枚は柊太が使いなよ」

「おれはあとでいいよ。先にひなちゃん拭いて。風邪ひくよ」

「それは柊太もでしょ」

むしろ一回転んで頭まで沈んだ柊太のほうが、濡れ方はひどい。さっきからずっと、髪からはしずくが滴っている。それを見て、わたしがタオルで彼の髪を拭こうと手を伸ばしたら、

「いやいや、おれはいいって。自分を拭きなさいって、風邪ひくから」

「柊太も風邪ひくってば」

そう言ってタオルを渡しても、柊太は自分ではなくわたしの身体を拭いてくるので困った。本気で自分が濡れていることなんてまったく頭にないように、焦った顔でわたしの腕についた水滴を拭《ぬぐ》いながら、

「ひなちゃん、着替えとか持ってる?」

「あ、うん。今日体育あったから、ジャージが」

「鞄《かばん》の中?」

「うん」

わたしの返事を聞くなり、柊太はまたさっさと橋の下のほうへ駆けていった。そうして今度はわたしの鞄の前にしゃがみ、中を漁《あさ》りはじめる。ジャージを探してくれているらしい。

なんだかもう諦《あきら》めて、わたしは水を吸ったシャツの裾《すそ》をぎゅっと絞った。ぼたぼたと水が滴る。

空からはあいかわらず、強烈な日差しが燦々《さんさん》と降り注いでいる。身体に貼りつく布の感触は気持ち悪いけれど、そのおかげで冷たさはそれほど感じない。暑い日でよかったな、と夏になってはじめて、ぼんやり思った。

柊太のほうへ目をやると、まだ鞄の前にしゃがみこんでいる背中があった。見つからないのだろうか。シャツを絞りながら、わたしはなんとはなしにその背中を眺めていたのだけれど、

「どうしたの？　ジャージなかった？」

あまりに彼が立ち上がらないので、心配になって声を投げてみたときだった。

ふっとこちらを振り向いた柊太の顔を見て、どくん、と心臓が音を立てた。

「……ひなちゃん」

――ああ。

瞬間、粟立《あわだ》つような後悔が、背中を駆けた。

どうして柊太に鞄を開けさせたのだろう。どうして忘れていたのだろう。今更どうにもならないことを思いながら、わたしはただ、表情を強張《こわば》らせる柊太と目を合わせる。

「なに、これ」

彼の手に握られていたのは、わたしのジャージではなかった。

鞄に底に潜ませていた、わたしの〝お守り〟だった。

「――違うの」

考えるより先に、そんな言葉が口をついていた。

動揺に、ひどく上擦って掠れる声だった。

「それは、そういうつもりで、持ってたわけじゃなくて」

どくどくどく、と耳元で鼓動が鳴る。

身体に貼りつく制服が、急にぞっとするほど冷たくなったように感じた。思わず握りしめた拳《こぶし》が震える。

「違うって？」

柊太は〝それ〟を手にしたまま、静かに訊《き》き返してくる。小振りで黒い鞘《さや》に入ってはいるけれど、その細長い形状だけで、柊太にはちゃんとわかったらしい。

「これ、ナイフだよね」

硬い声でゆっくりと確認する柊太に、わたしは小さく頷《うなず》く。

「そういうつもりで持ってたわけじゃない、って」

「……うん」

「じゃあ、どういうつもりで持ってたの」

咄嗟《とっさ》に考えてはみたけれど、上手《うま》い言い訳なんてなにも浮かばなかった。鞄にナイフを忍ばせて持ち歩いていた健全な理由なんて、なにかあるのだろうか。

そもそも最初にここまで動揺してしまった時点で、きっともう手遅れだった。

それを悟ったわたしは、すぐにごまかすことを諦めた。目を伏せると、一度ゆっくり息を吐く。

見られたくなかった、と思う。柊太には、とくに。

だけど今更悔やんでもどうしようもなくて、わたしはふたたび目を上げると、

「――お守りだったの」

「お守り？」

「うん」

正直に告げれば、柊太はピンときていない顔で眉《まゆ》を寄せていた。

だけどこれ以外に言いようがなかった。そのナイフは間違いなく、わたしの〝お守り〟だった。昔お父さんが使っていたというアウトドア用ナイフをたまたま見つけて、ふと思い立って鞄に忍ばせてみた、あの日から。

「誰かを刺そうとか、刺したいとか、そういうこと思ってたわけじゃなくて」

なんだか難しい顔をしている柊太に、わたしは説明を重ねる。

そうだ。断じて、〝そういうつもり〟で持っていたわけではなかった。

きっとナイフを目にしたとき、柊太が真っ先に考えたであろう可能性。それだけは、しっかりと否定しておきたかった。

そりゃ、一瞬でも刺したいと思ったことがないのかと訊かれれば、少し答えに迷ってしまうけれど。だけど本気で刺してやろうだなんて、さすがにそこまで吹っ切れたことは思えなかった。思えないからこそ、持ち歩いていた。使う気なんてなくても、ただ。

「持ってると、ちょっと安心できて」

「……安心」

「いざというときにね、わたしには反撃できる手段があるんだって。そう思えるだけで、なんとなく」

実際に反撃できたかどうかはともかく、そういう〝最後の手段〟があるということは、それだけで救いになった。本当の本当に耐えられなくなったとき、自分がなにをすればいいのか、はっきりとわかっていられたら。それだけで、少し、

「強く、なれた気がしたの。それを持っていれば」

――だからそれは、〝お守り〟だった。わたしの、ときどき折れそうになる心を支えてくれる、支柱だった。

学校で息ができなくなりそうになるたび、鞄の中にあるナイフのことを考えた。そうやって耐えてきた。耐えられると、思っていた。実際、本当の本当に心が折れたあの瞬間は、鞄に入れたナイフのことなんてまったく、頭を過《よぎ》りもしなかったのだけれど。

「ただ持ってただけ、ってこと」

わたしの説明を頭の中で整理するみたいに、柊太が呟《つぶや》く。

うん、とわたしは頷いた。

「ただ持ってただけ。精神安定のために」

「精神安定」

「そう」

柊太はしばらく黙っていた。なにかを見極めようとするみたいに、じっとわたしの顔を見つめる。だからわたしも、その目をまっすぐに見つめ返した。

短い沈黙のあとだった。やがて彼はふっと視線を落とすと、手の中のナイフを見つめながら、

「……わかった」

低く呟いたあとで、「けど」と平淡《へいたん》な声で続けた。

「とりあえずこれは、おれが預かっとく」

「え」

「こんな物騒なもの、さすがにひなちゃんに、そのまま持たせておくわけにはいかないし」

言いながら柊太はわたしに背を向けると、また鞄の前にしゃがみこんだ。そうして今度は、自分の鞄を開けはじめた彼に、

「いや、なんで。言ったじゃん、使う気なんてないから大丈夫だってば。それはただのお守りで」

「もういらないから」

「え？」

「こんなお守り、ひなちゃんにはいらない。いらないようにする」

ナイフを自分の鞄にしまいながら、柊太がぼそりと呟いた言葉の意味は、よくわからなかった。だから訊き返そうとしたのだけれど、それより先にこちらを振り向いた柊太が、

「ごめんね、ひなちゃん。……本当に」

ふいに絞り出すような声で言うので、一瞬、息が詰まった。

表情も本当に苦しげに歪《ゆが》んでいて、「ううん」とわたしはあわてて首を横に振る。

その謝罪の意味も正直よくわからなかったのだけれど、とりあえず、わたしが柊太に謝られるようなことなんてなにもない。それだけはたしかだったから。

「柊太は悪くないよ」

できるだけはっきりとした声で返してみたけれど、柊太の表情は変わらなかった。

今にも泣きだしそうな、まるであの頃の柊太みたいな、途方に暮れた表情で。柊太はもう一度、「ごめん」と繰り返した。

「本当に、ごめん」

何度でも、繰り返していた。

近くのコンビニに入ると、レジにいた店員さんが怪訝《けげん》そうな目でちらっとこちらを見た。なにか言いたげな顔をしていたけれど、実際なにか言われることはなかった。

わたしはそそくさと奥のトイレに入って、中で濡《ぬ》れた制服からジャージに着替えた。

河川敷に戻ると、先に着替えを済ませた柊太が待っていた。わたしは濡れた靴を脱いで、河原に干した。柊太も真似していた。それから橋の下に座って、食べかけだったメロンパンをまた食べはじめた。

「外で裸足《はだし》になるの久しぶりかも」

砂利の上に伸ばした足を眺めながらわたしが呟くと、「たしかに」と隣で柊太が相《あい》槌《づち》を打つ。ふたりとも同じ姿勢で前方に足を投げ出していて、そうしていると足の長さの差がよくわかった。

「……柊太、大きくなったよねえ」

もちろん知ってはいたけれど、今日は何度となく、それを実感する機会が多かった。ショッピングモールを並んで歩いていたとき。動物園でいっしょにキリン舎を見ていたとき。川の中で転びかけたわたしを支えてもらったとき。わたしより頭ひとつ分以上高くなった彼の身長に、なんだかあらためて驚かされてしまった。

小学生の頃は、わたしのほうが大きかった。あの頃の柊太は、周りの男子どころか女子と比べてもちょっと心配になるぐらい小柄で華奢《きゃしゃ》で、なんとなく子ども心に、守ってあげなきゃ、なんて思っていたぐらいだったのに。

「ほんと、変わったよねえ。いつの間にか」

「なに急に」

ついしみじみと呟いてしまったわたしに、柊太はちょっとくすぐったそうに笑うと、

「かっこよくなったって？」

「うん」

「へ」

「そういえばこのまえ、うちのお母さんも言ってたよ。柊太がかっこよくなったって」

小学生の頃を知っているからか、なんとなくピンときていなかったけれど、たしかにかっこよくなったと、今ならわかる。今日、何度もわたしの手を引いてくれた柊太の手は、大きくて力強くて、頼もしかった。もうあの頃の柊太ではないのだと、そんな当たり前のことを、今日は何度も嚙《か》みしめる一日だった。

「……ひなちゃんって」

「ん？」

「……いやなんでも」

柊太のほうを見ると、なぜか少し眉根《まゆね》を寄せてメロンパンをかじる横顔があった。濡れた髪の隙間からのぞく耳が、かすかに赤い。普段は少し癖のあるやわらかな髪が今はすとんとストレートになっていて、そのせいか別人のように見えた横顔に、一瞬どきっとした。

「──あ、そうだった」

数秒、微妙な沈黙が流れたあとだった。ふいに柊太が思い出したように声を上げ、ジャージのポケットに手を入れると、

「はい」

「……え」

取り出されたのは、ヘアピンだった。もういらない、とわたしがさっき川に投げ捨てた、パールとビジューのヘアピン。どこか誇らしげな表情で、柊太はそれをわたしへ差し出しながら、

「ちゃんと拾えてたんですよ、そういえば」

「……なんで」

思わず当惑した声がこぼれる。先ほど、ヘアピンを追って迷いなく川に飛び込んだ

柊太の姿が、瞼《まぶた》の裏に浮かぶ。

たしか千円ほどで買った、莉々子たちに言わせれば〝安物〟のヘアピンだ。間違いなく、川に飛び込んでまで拾いにいくような代物ではなかったのに。

「おれが、捨ててほしくなかったから」

「え」

「ひなちゃん、これ、めっちゃ似合ってたから」

言いながら、柊太はおもむろに手を伸ばすと、わたしの髪に触れた。

え、とわたしが驚いている間に、柊太は耳の上あたりの髪を少しすくうと、そこに例のヘアピンを留める。彼の指先が耳のふちをかすめて、つかの間、鼓動が高鳴った。

「ほら」

柊太はわたしの髪から手を離すと、穏やかに笑って、

「やっぱりかわいい。めっちゃ似合ってる。これ、ひなちゃんのために作られたピンみたい」

そう言った彼の目も声もあまりにまっすぐで、なんだか息が詰まった。目の奥が熱くなる。「……まさか」笑い返そうとしたら、口の端が引きつって、うまく笑えなかった。

「かわいくないよ」

「かわいいよ」

掠《かす》れる声で返したわたしの語尾と重なるぐらいの早さで、柊太がまた繰り返す。

「ひなちゃんは、かわいい。めちゃくちゃ」

――瞬間、火がついたように瞼の裏が熱くなった。頬を流れ落ちる感触にぎょっとして目を伏せると、視界がにじむ。堪《こら》える間もなかった。落ちた涙が膝《ひざ》で弾《はじ》けた。

「おれさ、小学生の頃からもうずっと、ひなちゃんのこと見てきたから」

あわてて膝に顔を埋《うず》めたわたしの背中に、柊太の手が触れる。そうしてゆっくりと撫《な》でながら、

「ひなちゃんのいいところなら、誰よりも知ってる自信あるよ。ひなちゃんがかわいいのも、優しいのも、人の気持ちに敏感でめちゃくちゃ気遣いができるのも、できすぎてたまに人のために自分を犠牲にしちゃうのも、だけどひなちゃん自身は、それを当たり前みたいに思ってるのも。だから断言できます。ひなちゃんはかわいいし、そのピンもめちゃくちゃ似合ってる。これはもう間違いなく」

「……なにそれ」

小さく笑うと喉《のど》が震えて、嗚咽《おえつ》の声まで漏れてきた。

泣くのなんて、いつ以来かもわからなかった。莉々子たちになにを言われても、なにをされても、涙なんて出なかったのに。今はもう堤防が壊れてしまったみたいに、止めどなくあふれてきて、どうしようもなかった。

もう堪えるのは諦《あきら》めて、わたしはただ顔を伏せていた。柊太はそんなわたしの隣で、ずっと背中を撫でてくれていた。「ひなちゃんはかわいい」と言い聞かせるように、何度も繰り返しながら。

「だから、捨てないでほしい。……お願いだから」

ぽつんと呟《つぶや》いた柊太の声も、そこだけほんの少し、こもったように聞こえた。

干していた靴も乾き、日差しが焼けるような黄金色に変わりはじめた頃、わたしは、「そろそろ帰ろっか」と柊太に言った。

柊太は少しだけ迷うように、夕暮れが訪れる間際の空を見上げた。

ちょっと前まで目に痛いぐらいだった日差しも、今はいくぶんやわらかくなっている。時間は確認していないのでわからないけれど、おそらく、学校もそろそろ終わる時間帯だろう。

「……そうだね」

なにかを考えるような沈黙のあとで、だけどけっきょくなにも言うことはなく、柊太は短く頷《うなず》いた。意外なほどあっさりした返事だった。それに勝手ながら、わたしは少しだけ寂しくなった。

これで、もう今日が終わるのだと思った。

駅へ行くと、ちょうど高校の下校時間と重なったらしく、ホームは高校生であふれていた。

都会なので、近くに高校も多いのだろう。たくさんの見慣れぬ制服を着た高校生たちを見て、なんだか一気に現実に引き戻されたような気分になる。

遠方の高校の、しかもジャージを着たわたしたちは、馴染《なじ》みのない駅の中でちょっと浮いていた。ちらちらと向けられる視線を感じながら、ホームの端のほうに立って電車を待っていると、

『まもなく三番線に、十七時二十五分発、快速列車がまいります』

というアナウンスが流れて、そこではじめて、わたしは今の時刻を知った。

今日は一日中、スマホは鞄《かばん》の奥にしまいこんだままで、一度も手に取らなかった。

街中にある時計からも、なんとなく目を逸《そ》らしていた。今日の残り時間を、できれば知りたくなかった。

この非日常は今日だけなのだと、嫌になるほど理解していた。

朝は心配していたけれど、けっきょく、学校やお母さんから電話がかかってくるようなことはなかった。高校生が一日無断欠席をしたぐらいで、学校側もいちいち対応はしないのだろう。していたらキリがないのかもしれない。

お母さんにバレていないのなら、今日は体調が悪くて欠席したということにすればいい。今から帰れば、充分お母さんの帰宅時間には間に合う。帰ったらまずパジャマに着替えて、帰宅したお母さんにそんな説明をしよう。きっとお母さんは心配するだろうから、一日休んだらもうすっかり良くなった、明日《あした》は学校行くね、と笑顔で告げて、そして。

――また明日から、昨日までと変わらぬ日常に戻る。

「……柊太」

「うん？」

「今日はありがとうね」

考えているとにわかに気分が真っ暗になりかけて、わたしは振り払うように隣の柊

太のほうを見た。そうしてこちらを向いた柊太の目を、まっすぐに見つめながら、

「一日、わたしに付き合ってくれて」

「いや、付き合わせたのはこっちだから」

わたしの言葉に、柊太は即座に首を横に振ると、

「おれがサボりたかったから、それにひなちゃんを付き合わせちゃっただけ。むしろこっちがありがとう」

「……うん。ありがとう」

わたしがちぐはぐな返しをしたのに重なり、電車の到着を告げるベルが鳴った。線路のほうへ目をやると、向こうから白い電車がやってくるのが見えた。

「なんのありがとう？」と怪訝《けげん》そうに訊《き》き返してきた柊太に、

「おかげで、いい気晴らしができたから」

「気晴らし」

「うん。これでまた、明日からも頑張れそうだよ」

柊太のほうへ視線を戻すと、柊太もこちらを見ていて目が合った。

笑顔を作ろうとしていたのだけれど、彼の顔を見た途端、作りかけの笑顔が強張《こわば》るのを感じた。

柊太は笑っていなかった。途方に暮れたような、力なく歪《ゆが》んだ表情で、じっとわたしを見つめていた。

「……うそ」その視線を揺らすことなく、彼は平淡に呟く。

「え」

「うそでしょ、ひなちゃん」

なにが、と訊き返そうとした声は、ホームにすべり込んできた電車の走行音にさえぎられた。

ゆっくりと車輪が止まり、わたしたちの正面より少し右にずれたところでドアが開く。ホームにいた高校生たちが、一斉に動く。とりあえずわたしたちもその波に乗って、足を踏み出した。

まだ帰宅ラッシュには少し早い時間だからか、席は空《す》いていた。

けれど柊太は、乗り込んですぐにドアの前で足を止めると、

「――ごめん、ひなちゃん」

ふいに低い声で呟いたかと思うと、急にわたしの腕をつかんだ。

直後、その腕をぐいっと後ろに引かれる。え、と驚いている間に、気づけばわたしの身体は車外へ押し出されていた。

「やっぱり、ひなちゃんは一本あとの電車で帰って」

一瞬、なにが起こったのかわからなかった。

軽くよろけながら顔を上げると、柊太は電車の中から、ホームにいるわたしを見ていた。

「え、え？　ちょ、なに——」

柊太がわたしを電車から降ろしたのだと、理解は一拍遅れて追いついた。

混乱しながらも、わたしはあわててふたたび電車に乗り込もうとした。けれど直前でドアが閉まった。無情に、わたしの目の前で。

「待って」思わず上げた声は、どこにも届かなかった。

電車はすぐに動き出し、ホームを去っていく。そうして柊太だけを乗せた電車が線路の向こうへ消えるのを、わたしはホームに立ちつくしたまま、呆然《ぼうぜん》と見送っていた。

第四章

ずっと前から、青色の色鉛筆だけが折れて使えなくなっていた。

折ったのはぼくではなく、春山《はるやま》くんというクラスメイトだった。

図工で色鉛筆を使う機会があるたび、彼はなぜかぼくの色鉛筆を使っていた。べつに春山くんの色鉛筆がボロボロで使えなかったというわけでもなく、むしろぼくの色鉛筆よりよほどピカピカだったけれど、頑《かたく》なに、彼は自分の色鉛筆を使わなかった。毎回、「柊太ちょっと貸して」と一言言い置いてから、当然のようにぼくの色鉛筆を持っていった。最初はちゃんとお礼を言われていた気がするけれど、いつしかそれもなくなった。

そんな春山くんの姿を見たからか、しだいに他のクラスメイトたちも、ちょこちょこぼくの色鉛筆を使うようになった。まるでぼくの色鉛筆だけが、クラスのみんなの共有物になったみたいだった。

春山くんも他の男子も、たいていみんな青色が好きだったから、青い色鉛筆の減りだけが異様に早かった。ぐんぐん短くなっていき、やがて、春山くんが無理な使い方をしていたときにポキンと折れた。

「あー、折れちゃった」と春山くんは折れた色鉛筆を手に残念そうにぼやいていた。そうしてぽいとケースに放り、代わりに水色の色鉛筆を手にとった。「ごめん」とは、けっきょく一度も言われなかった。

だからその日、ぼくはキリンの絵を描きながら困っていた。

その日は校内のスケッチ大会で、動物園に来ていた。

今日も春山くんに色鉛筆を持っていかれたらどうしよう、と行く前は心配していたのだけれど、当の春山くんは、動物園に着くなり他の友だちといっしょにさっさとライオンの檻《おり》のほうへ駆けていって、ぼくにはまったく見向きもしなかった。

思えば、これまでもずっとそうだった。なにかを借りるときやなにかを頼むとき以外に、春山くんから声をかけられるようなことは一度もなかった。春山くんだけでなく、他のクラスメイトたちもみんな。

ぼくはただ〝都合よくものを貸してくれる相手〟で、たぶん、誰の友だちにもカウントされてはいなかった。こういう校外活動の日に決まってひとりぼっちになるたび、ぼくはそれを、まざまざと突きつけられた。

まあ、おかげで今日は色鉛筆を使われなくて済むからいいか、なんて精いっぱい前向きに考えながら、ぼくはキリン舎の前に移動する。

最初はアシカを描こうと思ったのだけれど、水を描くために青色を使うかもしれないと思ってやめた。その点キリンなら、黄色と茶色、あとは草の緑色ぐらいがあれば、なんとかなりそうだった。

だけどある程度描き進めたところで、ふと気づいた。

首の長いキリンの背景には、空が広がっている。空を青く塗らなければ、白い背景にぽっかりと浮かぶキリンになってしまう。

青い色鉛筆が使えなくなってから、春山くんたちは水色を使うようになったので、いつの間にか水色もだいぶ短くなっていた。空を塗るにはたぶん足りない。

どうしよう、と思いながらぼくは何気なく辺りを見回した。

キリン舎の前には、ぼく以外誰もいない。少し離れたところにひとりの女の子がいたけれど、話したこともない子だったので、借りにいこうとはまったく思わなかった。

いや、そこにいたのが誰だったとしても、どうせぼくは借りになんていけなかっただろうけれど。

そもそもよく考えたら、このクラスにぼくが気安く色鉛筆を借りられるようなクラスメイトなんて、ひとりもいない。きっと誰に頼んでも、「はあ？」というような顔をされるのが、はっきりと想像できた。いつも当たり前のようにぼくから色鉛筆を借りていく、春山くんたちすらも。いやきっと、彼らこそがいちばん。

ぼくが彼らに色鉛筆を貸してと頼むなんて、許されないことなのだ。ぼくは、〝そういう〟存在なのだと、もう悟っていた。

もういいか、とけっきょくぼくはすぐに諦《あきら》めた。

背景は真っ白でもキリンさえきちんと描けていれば、怒られるようなことはないだろう。その分キリンの描き込みに力を入れてやろう、なんて思いながら、ふたたび黄色の色鉛筆を手にとったとき、

「──ねえ、加賀谷くん」

ふいに後ろから声をかけられた。耳慣れない声だった。

驚いて振り返ると、女の子が立っていた。少し離れたところで絵を描いていた、クラスメイトの女の子だった。

話したことはなかったけれど、さすがに名前ぐらいは知っていた。

「未森さん」とぼくが彼女の名前を呟《つぶや》けば、

「加賀谷くん、オレンジの色鉛筆持ってる？」

出し抜けに訊《たず》ねられ、一瞬きょとんとしてしまった。

「オレンジ？」訊《き》き返しながら、ぼくは手元の色鉛筆に目を落とす。オレンジはめったに使われることがなかったので、まだきれいな状態で残っていた。それを見て、

「あるよ」と返せば、

「じゃあ、ちょっと借りてもいい？　なくしちゃって」

……ああ、なるほど。

彼女が続けた言葉に、突然話しかけられて一瞬浮き立ってしまった気持ちが、急速にしぼんでいくのを感じた。

それはそうか、とすぐに納得したけれど。今まで話したことのなかったクラスメイトが、こんなぼくにいきなり話しかけてくる用事なんて、それ以外にあるわけがない。

「いいよ」

だから短く頷《うなず》いて、いつものように色鉛筆を差し出そうとしたところで、え、と声が漏れた。

彼女がなぜか、ぼくの隣に座っていたから。

「ありがとう」

ぼくの手からオレンジの色鉛筆を受け取った彼女は、そこで脇に抱えていたスケッチブックを開く。よく見れば、彼女は自分の色鉛筆も持ってきていた。それを横に置き、軽く背中を丸めて絵を描く体勢になった彼女に、

「えっ、未森さんここで描くの？」

てっきり、色鉛筆を受け取ったら彼女はもといた場所に戻るのかと思っていた。

「え、うん」びっくりして訊ねたぼくに、彼女はきょとんとした顔でこちらを見て、

「だめ？」

「いや、だめじゃないけど」

「よかった。あ、代わりにこれ」

「え」

「使ってもいいよ。いるのがあれば」

そう言って彼女は自分の色鉛筆を、彼女とぼくのあいだに置いた。その中に青色の色鉛筆があるのを見て、「いいの？」とぼくが思わず弾んだ声で訊き返してしまうと、

「そりゃもちろん。わたしだってオレンジ借りてるし」

「あ……じゃ、じゃあ青色、借りてもいい？」

「うん、どうぞ」

こちらを見ることもなく短く返した彼女は、大きなネズミのような不思議な生き物を描いていた。鉛筆での下書きを終えたところのようで、まだ色は塗られていない。なにを描いたのだろう、と気になって、彼女がさっきまで座っていた場所を振り返ってみたけれど、ここからだと檻の中は見えなかった。

「実物見ながら塗らなくていいの？」

「大丈夫、もう覚えたから」

心配になって訊ねたぼくに彼女はそう言って、そのままそこで色を塗りはじめた。ぼくに借りたオレンジ色で、そのネズミのような生き物の身体を塗っていく。

だからぼくも、おずおずと彼女の青い色鉛筆を借りた。彼女の色鉛筆は全体的に短く、オレンジ色だけでなく複数の色が欠けていた。

隣に座りはしたものの、彼女はそれきりぼくに話しかけてくるわけでもなく、ただ黙々と作業をしていた。だからぼくもその隣で、黙々と色を塗った。

彼女が遠慮なくぼくのオレンジ色を使っていたので、ぼくもあまり遠慮することなく、彼女の青色を使うことができた。真っ白だった背景を青く染めると、我ながら、格段に完成度が上がった気がした。

そうして無事、時間内に絵を完成させたところで、

「わ、加賀谷くんうまいねえ」

「え、あ、ありがとう」

ふいに横からぼくの絵をのぞき込んできた彼女が、感心したように声を上げた。

一瞬、触れそうなほど近づいた頬に、心臓が跳ねる。

「み、未森さんも」ほとんど反射的に身体を引きながら、ぼくは思いきりぎくしゃくした声で返すと、

「うまいね、その……モルモット？」

「ありがとう。カピバラだけど」

「え」

「や、いいよ。わたしもこれ、モルモットに見えるなあってさっきから思ってたから」

あっけらかんと笑った彼女の顔を、そこではじめて、ぼくは真正面から見た。普段の教室でも、彼女と面と向かって話をする機会なんて一度もなかったから、本当にそれが、彼女の顔を近くで見たはじめてだった。

なぜかまず目に入ったのは、彼女の前髪を留めているヘアピンだった。ビーズでで

きた花の飾りがついた、ピンクのヘアピン。華やかなその飾りがはっとするほど彼女に似合っていたのを、今でもよく覚えている。

「あの、ごめ……」

「だからいいってば」

本当になにも気にしていないような笑顔で、彼女は顔の前で手を振る。ぱっちりとした大きな目を細めて、八重歯をのぞかせたその笑顔は、底抜けに明るかった。

鼓動が、いやにうるさく耳元で鳴っていた。

辺りの空気が、ほんの少し薄くなったような感じだった。

そうしているうちに、招集をかけるアナウンスが流れてきた。ぼくたちは急いで広げていたスケッチブックと色鉛筆を片付けると、ベンチから立ち上がった。

そのとき、彼女がなにかを落とした。気づかなかったらしく、そのまま歩きだした彼女の代わりにぼくが拾ったそれは、オレンジ色の色鉛筆だった。

え、と声がこぼれる。

ぼくの色鉛筆ではない。さっき間違いなく、彼女から返されたオレンジ色の色鉛筆を、ぼくはケースに入れて鞄《かばん》にしまった。

困惑してそれを眺めていると、気づいたらしい彼女がこちらを振り向いた。

途端、あっ、と焦ったような声が上がる。

「そ、それ」

「……さっき落としたよ」

さっと顔を強張《こわば》らせる彼女に、ぼくが困惑しながらオレンジ色の色鉛筆を渡すと、

「あ、ありがと……」

彼女は気まずそうにぼくから目を逸《そ》らしながら、ぎくしゃくとそれを受け取った。

「あ、えっと」そうしてあわてて言葉を手繰るように、続けて口を開く。

「わたし、オレンジ持ってたんだね。気づかなかった。どこにあったんだろ、不思議」

早口にまくし立てるような調子で独り言を言いつつ、彼女は足早に集合場所へ向かって歩きだした。

それきり、彼女がこちらを振り向くことはなかった。ただ後ろから見えた彼女の耳が、少し赤いのはわかった。

――それが、ぼくとひなちゃんの最初のやり取りだった。

ぼくにとって、一生忘れられない日となった、一日のことだった。

ぼくが彼女の不思議な行動の意味にようやく思い当たったのは、家に帰ってベッドに入ったあとだった。

その日の夜、ぼくは熱を出していた。久しぶりに長時間屋外にいたせいだろう。いつものことだった。

薬を飲んで、夜の八時には入ったベッドの中で。ぼくは繰り返し今日の出来事を思い返していて、その途中でふいに気づいた。

空を塗るための青色がなくて、ぼくが辺りを見回していたとき。一瞬だけ、近くにいた彼女がこちらを見た。

彼女がぼくのもとへやってきたのは、そのすぐあとだった。オレンジ色の色鉛筆を貸して、と彼女は言った。そうして彼女は代わりに、ぼくに青色を貸してくれた。ぼくがなにも言わずとも、使っていいよ、とさり気なく差し出してくれた。

そうだ。たぶん彼女は、最初から気づいていたのだろう。ぼくが困っていたことに。だけどもし彼女が、青色がないなら貸してあげる、と優しい笑顔でぼくに色鉛筆を差し出してきたなら。ぼくは咄嗟《とっさ》に遠慮して、その申し出を断ってしまったような気がする。ぼくがそういう人間だということは、自分でよくわかっていた。劣等感の塊のくせに、変なところでプライドが高かった。

〝かわいそう〟だと思われるのが嫌だった。客観的に見れば、間違いなく〝かわいそう〟な側の人間だというのはよくわかっていたけれど、それでも。

彼女はそれを察して、気をまわしてくれたのかもしれない。ぼくが遠慮しなくていいよう、先に自分が借りて、〝お互いさま〟の状況を作ってくれたのかもしれない。

実際、彼女もぼくの色鉛筆を借りてくれたことで、ぼくは遠慮なく彼女の色鉛筆を使うことができた。

すとんとその推察は胸に収まって、直後、ぎゅっとそこをつかまれたような苦しさに襲われた。

布団にくるまれて目を瞑《つぶ》ると、瞼《まぶた》の裏に、彼女の前髪でキラキラと光っていた花のヘアピンが浮かぶ。

かわいかったな、と熱に浮かされながらぼんやり思う。

ヘアピンも、それに負けないぐらいキラキラと輝いていた、彼女の太陽みたいな笑顔も。——本当に、本当に眩《まぶ》しかった。

熱は翌朝になっても下がらず、ぼくは学校を休んだ。風邪をひいたわけではなく、これもいつものことだった。

思うように動かせない重たい身体をベッドに横たえながら、どうしてここまで病弱なのだろう、とつくづく思う。スケッチ大会に参加しただけで熱を出して寝込んでいる児童なんて、きっとぼくぐらいなものだ。もう今更、とっくに諦《あきら》めていることだけれど。

生まれたときから、ぼくの身体はあちこち出来が悪かったらしい。幼い頃は何度も入退院を繰り返していて、生死の境をさまよったこともあると聞いた。

成長するにつれて少しはマシになったものの、それでもまだ、こんなふうになにかにつけてボロが出た。屋外活動をした日は必ずといっていいほど熱を出したし、ちょっと無理をするとすぐに貧血を起こして倒れたりもした。

そのせいで、ぼくの日常生活はずっとなにかと制限があった。基本的に激しい運動は禁止されていて、体育の授業も内容によっては見学せざるを得なかった。たとえば水泳なんかは、これまで一度も参加したことがなかった。休み時間に、みんなといっしょに鬼ごっこやドッジボールをするのも無理だった。

みんなももちろんぼくの身体のことは理解してくれていたけれど、だからといって、いっしょに外で遊べないようなつまらないやつと友だちでいてくれるほど、優しいわけではなかった。それを差し置いても友だちになりたいと思わせるほどの魅力が、ぼくになかったせいでもあるのだけれど。

ぼくはしだいにひとりぼっちになって、三年生に上がる頃には、もう完全に孤立していた。ぼくに話しかけてくるのは、春山くんみたいな、ぼくからなにかを借りたり、なにかを頼みたい人だけになっていた。

病気を治療する方法が、ないわけではなかった。

だけどけっこう大変な治療だということを、お父さんが前に説明してくれた。大きな手術が必要で、かなり長期間の入院になるらしい。

『その手術を受けたら、ぜったいに治るの』

訊《たず》ねたぼくに、お父さんは一瞬表情を曇らせた。そうして慎重に言葉を選ぶようにして、『かなりの確率で治る』と答えた。

それだけでわかった。きっと治らない可能性も、わりと高いのだ。

それが十パーセントなのか二十パーセントなのかはわからないけれど、お父さんが表情を曇らせるぐらいの確率ではあるのだろう。

だったら、とぼくは思った。手術なんて受けなくていいや、と。

その頃にはもう、元気な身体になってみんなといっしょに外を走り回りたい、なんて願望はほとんど消えうせていた。今更元気になったところで、挽回《ばんかい》できる気もしなかった。

ぼくが今孤立している原因も、本当は病気のせいではなく、ぼく自身の性格のせいだというのも、心の奥底では薄々理解していた。卑屈で弱くて、本当は貸したくない色鉛筆を、それでも頼まれればへらりと笑って差し出すことしかできない、こんな情けない性格の。

それなら、今のままでいいと思ったのだ。

べつに今のままでも、特段不幸なわけではない。無理さえしなければ倒れるようなことはないし、毎日身体がきつくて耐えられないわけでもない。できないことは多いけれど、それさえ我慢すれば、とりあえず平穏には生きていける。

ぼくはもう、それだけでよかった。

将来、なにかやりたいことがあるわけでもない。学校も楽しくなかったし、こうしてときどき体調を崩して休まなければならないことも、べつに悲しくはなかった。

治療しなければ他の人よりだいぶ早めに人生を終えることになるのかもしれないけれど、それならそれでいいような気もした。むしろそのほうが、家族の負担も軽くなっていいのではないだろうか、とも。

ずっとそう思っていた。本当に、昨日までは、心から。

――だけど。

身体に掛けた毛布を顎《あご》下まで引き上げ、ぼくは目を瞑る。

熱のせいで靄《もや》がかかっているような頭に繰り返し浮かぶのは、あいかわらず、昨日見た彼女の笑顔だった。

今朝、熱の下がっていない身体に気づいたとき。ぼくははじめて、心の底からがっかりした。自分の病弱な身体を恨んだ。学校に行けないことを、悔しいと思った。

会いたかった。

早く彼女に会いたくて、だから早く、学校に行きたかった。

学校に行きたいだなんて切実に願ったのは、たぶんそれが、生まれてはじめてだった。

「加賀谷くん、おはよ！」

会いたいとは思っていたけれど、会えばまたスケッチ大会のときみたいにふたりでしゃべれるとか、そんな期待をしていたわけではなかった。

もともと彼女は、ぼくにとって別世界の存在だったから。

明るくておしゃれで友だちが多くて、いつでもクラスの輪の中心にいて。スケッチ大会でたまたま彼女と関われたのは、ただ運良く近くで絵を描いていたからで、本来はぼくなんかと関わるはずのない存在だった。

だから教室に戻れば、当然彼女もこれまで通り別世界の存在に戻ると思っていたし、それでいいと思っていた。そんな彼女の笑顔を、遠くからひっそり眺めていられれば。ぼくに許される彼女との関わりなんて、せいぜいそれぐらいのものだということぐらい、自分でよくわかっていたから。

なのに。

「昨日体調悪かったんだよね？　風邪？　もう大丈夫なの？」

「え、あ……うん、もうぜんぜん」

教室に入るなり、ぼくを見つけて駆け寄ってきた彼女に、ぼくはびっくりして息が止まりかけた。

矢継ぎ早に訊《き》かれ、ぼくは思いきりまごつきながら、もごもごと頷《うなず》く。

「よかった」と笑った彼女は今日も前髪にキラキラしたヘアピンをつけていて、なぜかまた、それが真っ先に目に留まった。

思えば、休み明けに誰かに心配されるということ自体、ずいぶん久しぶりのことだった。

「加賀谷くんは行かないの？」

それから彼女は、ちょこちょこぼくに声をかけてくれるようになった。

二時間目と三時間目の間の中休みにも、みんなでドッジボールをしようという話になってクラスメイトたちがぞろぞろと教室から出ていく中、ぼくがひとりだけ席に残っていたら、気づいた彼女が訊ねてきて、

「う、うん。ちょっと体調が……」

「ああ、そっか。そうだよね」

納得したように相槌《あいづち》を打った彼女は、それで行ってしまうかと思ったら、空いていたぼくの前の席に、こちらを向いて座った。

え、とぼくの喉《のど》から間の抜けた声が漏れる。

「ドッジボール行かないの？」

「うん、わたしもここにいる」

「え、なんで」

「なんか今日、ドッジボールの気分じゃないなーって」

そう言った彼女は、本当に中休みが終わるまでそこにいて、ぼくと他愛《たわい》ない話をしていた。

ぼくの机に肘《ひじ》をついて、にこにこと笑いながら、

「そういえば加賀谷くんって絵上手《うま》いよね。このまえのスケッチ大会のとき、びっくりしちゃった」

「そ、そうかな。未森さんこそ上手かったけど」

「加賀谷くんにはモルモットって言われたけどねー」

「あっ、や、あれは、ごめん」

いじけたような彼女の口調にぼくがあわてて謝れば、あははっ、と彼女は楽しそうに声を立てて笑った。

「うそうそ、いいの。あのあと、さっちゃんにも言われたもん。ひなたの描いたそれなに？　モルモット？　って」

「……色を、オレンジで塗ったからじゃないかな」

彼女にカピバラを描いたと教えられたとき、ちょっと疑問に思ったことだった。

よく見れば彼女の描いた動物は、たしかにちゃんとカピバラらしい造形をしていた。

うまく特徴を捉《とら》えていると思った。なのにモルモットに見えたのは、その色がオレンジ色だったせいだ。茶色で塗れば、もっとカピバラらしくなったのではないだろうか、と。

「なんで茶色で塗らなかったの？」

訊《たず》ねながら、本当は薄々わかっていたけれど。彼女がカピバラに、茶色を使わなかった理由。

――彼女はきっと、茶色を持っていなかった。だけどぼくに、茶色を貸してとは言えなかったんだ。だって茶色は、ぼくがキリンを塗るのに使っていたから。

「だって、茶色ってなんか地味だもん。オレンジのほうがかわいいかなーって」

だけど彼女はもちろんそんなことは言わず、あっけらかんと笑う。軽く首を傾げた彼女の前髪で、今日は星の形のヘアピンがきらりと光った。

「……それ」眩《まぶ》しさに目を細めながら、ぼくは思わず口を開いていた。彼女の前髪を留めるヘアピンを指さす。

「かわいいね」

「へっ？　え、あ、これ？」

彼女は驚いたように目を丸くしてから、一拍遅れて思い当たったように、自分の前髪に触れた。

「ありがとう」と笑った彼女の頬が、かすかに紅潮する。

「お母さんと買いもの行ったときに買ってもらったの。わたしもお気に入りなんだー」

心底うれしそうな彼女の笑顔から、ぼくは思わず目を逸《そ》らしていた。顔を伏せて、机の木目を意味もなく見つめながら、そっか、とぼそぼそ相槌を打つ。

それ以上は、見ていることができなかった。その笑顔が、あまりに眩しくて。

胸が苦しくなるほど、かわいくて。


彼女と関わるようになってから、ぼくの学校生活は少しだけ変わった。少しだけ色鮮やかで、楽しいものになった。

「柊太、色鉛筆貸してー」

もちろん、彼女との関係以外に変わったことはなにもない。図工の時間に、そう言って春山くんがぼくの色鉛筆を借りにくるのも、あいかわらずだった。

だけどそれに対するぼくの意識は、ちょっと変わった。なんだかあまり気にならなくなった。色鉛筆ぐらい、いくらでも貸してやっていいような気になった。

だから、「いいよ」と笑顔を浮かべ、ぼくは気前よく彼に色鉛筆を渡そうとしたの

だけれど、

「――ねえ、なんでいつも加賀谷くんから借りるの？」

そんなぼくたちのあいだに、ふいに割り込んできた鋭い声があった。彼女の声だった。

「もしかして春山くんって、自分の色鉛筆持ってないとか？」

驚いて振り向くと、けわしい表情を浮かべた彼女が、まっすぐに春山くんのほうを見ていた。

「……は？」

ぼくも春山くんも、思いがけない出来事に一瞬、固まっていた。

けれどすぐに、春山くんが我に返ったように顔をしかめ、

「うるせえな。いいだろべつに」

「良くないよ。持ってないなら、ちゃんとお母さんとかに言って買ってもらわなきゃ。そんな毎回加賀谷くんに借りるんじゃなくて」

春山くんに睨《にら》まれても、彼女にまったく怯《ひる》む様子はなかった。はきはきとした口調で迷いなく言い放った彼女に、思わずぼくのほうがぎょっとしてしまったぐらいだった。

案の定、「はあ？」と返した春山くんの声が、さっきより大きくなって、

「いや、持ってるし。持ってないわけねーだろ。おまえんちじゃあるまいし」

苛立《いらだ》った声で吐き捨てた春山くんの言葉に、心臓が嫌な音を立てた。一瞬、辺りの空気がぴりっと張り詰めたような感じもした。

――おまえんち。

彼の言葉の裏に含まれた意味が、すぐにわかったから。

彼女の家には、お父さんがいない。

彼女から聞いたわけではないけれど、不思議とそういう情報はどこからともなく回ってきて、ぼくのもとにも届いていた。ぼくが知っていたぐらいだから、きっとこのクラスでは周知の事実だっただろう。

当然春山くんも知っていたはずで、だからそれは言ってはいけない言葉だと、すぐにわかった。父親のいない彼女の家庭を嘲《あざけ》り、傷つける言葉だった。なにより、バカにするような春山くんの言葉尻《じり》からは、そうしようとする意図をはっきり感じた。

かっと頭の中が熱くなる。奥歯を噛《か》み、身体の横でぐっと拳《こぶし》を握りしめる。

言わなきゃ、と思った。

きっと彼女は、彼の言葉で傷ついた。だからぼくが怒らなきゃ。彼女を傷つけた春

山くんを、彼女の代わりに。

頭ではわかっていた。今、自分のやるべきことはそれ以外なかった。なのに、肝心の声は喉《のど》の奥で硬く縮こまって、出てこなかった。

ただ吸い込み損ねた息が、喉で情けない音を立てたとき、

「なにそれ、どういう意味？」

彼女のほうが先に、強い声で訊《き》き返していた。

「うちにお父さんがいないから？　だからわたしは色鉛筆も持ってないだろうって、春山くん、そう思うの？」

ずばっと切り込まれ、言い出した春山くんのほうが、え、と動揺するのがわかった。

彼女のほうを見ると、軽く眉《まゆ》をひそめた彼女が、まっすぐに春山くんの顔を見据えながら、

「べつにお父さんいなくても、お母さんはいるし。お母さん、毎日仕事頑張ってるし。色鉛筆ぐらい買ってくれるけど」

至極当たり前の事実を告げるように、彼女が淡々と返したときだった。ちょうど先生が、教室に入ってきた。言い合いはそこで打ち切られた。

それ以上はなにも言わず、黙って自分の席に戻った春山くんは、けっきょく、ぼく

の色鉛筆は借りていかなかった。

　その日からだった。春山くんがぼくになにかを借りようとするたび、彼女が割って入るようになった。春山くんのときだけでなく、他のクラスメイトがぼくになにか借りたり頼んだりしようとするときも、決まって。

「なんで加賀谷くんに借りるの？　自分のないの？」

と、彼女はあくまで不思議そうに疑問をぶつけ、彼らから実のある答えが返ってくるまでやめなかった。

　当然、そのたび彼らからは苛立った言葉をぶつけられることも多かったけれど、彼女が怯むことはなかった。なにを言われても平然と、このまえの春山くんのときみたいに、彼女は言い返していた。

「だってどう考えても、あっちが間違ってるじゃん」

　このままだと彼女になにか危害が及ぶのではないかと心配になって、「もういいよ」とぼくは彼女に言ってみたことがある。べつに色鉛筆を貸すぐらい、嫌じゃないし。掃除当番を代わるのもべつにかまわないから、と。

　だけど彼女はまっすぐな目でそう言って、「だからやめない」と迷いなく言い切った。

「……でも、つらくない？　なんか、そのたび、未森さんがいろいろ言われて……」

正論をぶつけられて彼らが返すのは、『母子家庭』だとか『貧乏』だとか、たいてい、そういう苦し紛れで的外れな罵倒《ばとう》だった。それぐらいしか、彼らには彼女を嘲るための言葉を見つけきれなかったのだと思う。

そしてぼくはあいかわらず、そういうときになにも言い返すことができずにいた。なにか言いたいという気持ちはあるのに、喉を紐《ひも》でぎゅっと縛られたみたいに、声が通らなかった。そうしてただ口をぱくぱくさせているぼくの横で、彼女がいつも、凜《りん》とした声を返していた。

「え、ぜんぜん。だってなにも、傷つくようなこと言われてないし」

「え」

「だって母子家庭とかさ、ただ事実を言ってるだけだもん。それべつに傷つくような言葉じゃないし。母子家庭だから不幸だとか、ぜんぜんそんなことはないんだし」

そう言った彼女の声には少しの湿っぽさもなく、どこまでもからっとしていた。

ぼくは思わず言葉に詰まって、そんな彼女の横顔を見つめていた。

眩《まぶ》しかった。本当に。彼女は、いつだって。

その眩しさに目をすがめるたび、ああ嫌だな、とぼくは思う。

こんなにも眩しい彼女の隣にいるには、あまりにも不釣り合いな自分が。大好きな女の子を守ることすらできない、どうしようもなく弱い自分が。

心の底から嫌で、不甲斐《ふがい》なくて。変わりたいと、いつしか胸が震えるほど、願うようになっていた。

――手術を受けたい、と。

今まではまったく考えられなかった思いがふいに芽生えたのも、その頃だったと思う。

きっかけは、間違いなく彼女だった。

胸を張って彼女の隣にいられるよう、強くなりたかった。そのためには、まず、健康にならなければならないと思った。

それでもまだ決断に至れずにいたのは、前に聞いた、手術の成功確率が頭に引っかかっていたせいだった。

もちろん高い確率ではあった。けれど百パーセントではなかった。手術を受けることで、死ぬ可能性もゼロではない。そう考えただけで、情けないことに身体が震えた。

手術を受けたくない理由についてはいろいろと理屈を並べていたけれど、けっきょく、ぼくが尻込みしていたいちばんの理由はそれだったのだろうと、今更気づいた。ただただ怖かった。もしかしたら死ぬかもしれない、手術が。

「加賀谷くん、銀賞だってー！　すごいじゃん！」

スケッチ大会の入賞作品が貼り出された掲示板の前で、彼女が弾んだ声を上げる。まるで自分が入賞したみたいに、うれしそうな笑顔で。

「まあそりゃ上手《うま》かったもんねえ。これはいけると思ってたよ。やっぱり、わたしの見る目は正しかった！」

絵が入賞したことより、ぼくは、彼女がそんなふうに喜んでくれたことのほうがうれしかった。

なぜか誇らしげに胸を張っている彼女に、「ありがとう」とぼくは笑いながら、

「未森さんのカピバラもよかったけどね」

「もういいってばそれ。モルモットって言ってたくせに」

冗談っぽく軽く唇をとがらせた彼女の前髪には、今日もかわいらしいヘアピンが留まっている。幅の広い、ギンガムチェックの赤いヘアピン。はじめて見るものだった

ので、

「そのピン、新しいやつだ。かわいい」

と思わず口に出していたら、彼女はちょっと驚いたように目を見開いた。

「前から思ってたけど」

「ん？」

「加賀谷くん、よく見てるよね。わたしのピンとか」

「え」

やばい、気持ち悪かっただろうか。たしかにいつも考えなしに、彼女のヘアピンについて、『かわいい』だとか『似合ってる』だとかぽろぽろと口に出していた気がする。だって本当にかわいくて似合っていたから。

はじめて彼女に指摘され、ざっと顔から血の気が引くのを感じていたら、

「加賀谷くんがはじめてだったよ。このピンが新しいやつだって気づいてくれたの」

うれしい、とかすかに頬を紅潮させて笑った彼女の顔は、ちゃんと本当にうれしそうだった。

それにほっとすると同時に、胸に鈍い痛みが走る。ここ最近、彼女の笑顔を見るたびに、いつも感じる痛みだった。

ゆるく喉《のど》を絞められるような息苦しさも襲ってきて、ぼくが思わず顔を伏せていると、

「本当はね、わたし、ペンギンが描きたかったんだよ」

貼り出された他の入賞作品を眺めながら、彼女がふと思い出したように言った。

「でも、あの動物園、ペンギンいなかったんだよね。だから二番目に好きなカピバラにしたんだ」

「へえ」

「加賀谷くんさ、ペンギンって見たことある？」

「うん」

小さい頃、家族で行った動物園で見た記憶があった。スケッチ大会のあった動物園より遠くて、もっと大きな動物園だった。ペンギンだけでなく、ホッキョクグマとかユキヒョウとか、そこには近場の動物園にいないめずらしい動物がたくさんいた気がする。

それを教えると、「へえ」と彼女は目を輝かせて、

「すごいね。いいなあ、行ってみたいな」

――じゃあ今度、いっしょに行こうよ、って。

言いたかったけれど、少し迷ったあとで、ぼくはけっきょく呑《の》み込んだ。言えなかった。ぼくにはきっと無理だと、わかっていたから。

その動物園に行った日、ぼくは出先で体調を崩した。長い移動時間や、はじめて見る動物に興奮して、はしゃいでしまったのがいけなかったらしい。園内で倒れ、救急車も呼ぶような騒ぎになった。

さすがに今なら倒れるほどはしゃぐことはないだろうけれど、それでも体調を崩す可能性は高かった。いっしょに遠出なんてしたら、彼女に迷惑をかける結果になるのは、嫌になるほど目に見えていた。

だから、言えなかった。

「そうだね」と曖昧《あいまい》な相槌《あいづち》だけ打って、彼女の言葉を流してしまった。

そのとき彼女が、一瞬だけなにか言いたげな顔をした。けれどけっきょく、彼女も思い直したように、言いかけた言葉を呑み込んだのがわかった。

そうしてその話題は、そこで終わった。


手術を受けたい、と。

ぼくが両親に告げたのは、その日の夜だった。

最後のひと押しになったのも、やっぱり彼女だった。

彼女に、いっしょに動物園に行こうと言いたい、なんて。今思えばバカみたいな理由だけれど。

その瞬間は間違いなく、それが一筋の光だった。恐怖も吹き飛ばしてくれるぐらいの、希望だった。

告げるときはさすがに足が震えてしまったけれど、それを聞いたお母さんの目に涙が浮かぶのを見たら、もう迷いは消えた。

やっぱりこうするべきだったのだと、ぼくは今更気づいた。

ぼくみたいなのは早く死んだほうが家族のためになる、なんてバカげたことを考えていた自分が、今は恥ずかしかった。

そうして始まった治療は、予想に違《たが》わずしんどかった。

手術後はたくさんの機械につながれたまま、しばらくベッドから起き上がれない日々が続いていたけれど、

「柊太、今日も来てくれたよー。ひなたちゃん」

夕方、そう言ってお母さんが彼女からの届けものを持ってきてくれるたび、毎回、

折れかけていた心がすごい勢いで回復するのを感じた。

ぼくが学校を休みはじめてから、彼女は毎日、ぼくの家を訪ねてくれているらしい。届けてくれるのは学校で配布されたプリントだとかで、その中にはいつも、彼女からの短い手紙も入っていた。

早く元気になってね、とか、お大事にね、とか。彼女らしい丁寧な文字で書かれたメッセージを、ぼくはもう何度読み返したかわからない。どれもとっくに網膜に焼きつくぐらいには、ひたすら眺め続けた。

彼女に、ぼくの病気のことは明かしていなかった。

入院前日に、明日《あした》からしばらく休む、ということだけはいちおう伝えておいたけれど、手術を受けるために入院する、とは言わなかった。ただちょっと体調が悪いから、とできるだけ軽い事情に聞こえるよう努めて、曖昧な伝え方をした。

『しばらく休んだら、ぜったい戻ってくるから』

ということだけは、強く念を押して。

担任や親にも、クラスメイトも含めて長期欠席の理由についてはふせておいてもらえるよう頼んでおいた。

彼女を心配させないように、と思ってのことだったのだけれど、その曖昧な伝え方のせいで、彼女にはべつの心配をさせてしまったらしい。

彼女から届く手紙はしだいに、体調を心配するものというより、ぼくに学校へ来ることを促すようなものに変わっていった。

クラスのみんなも加賀谷くんのこと待ってるよ、とか。このまえ春山くんと話したけど春山くんも反省してた、とか。

最初は、なぜ彼女がこんなことを書くのかよくわからなかった。しばらくして気づいたのは、どうやら彼女は、ぼくが登校拒否をしていると思っているらしい、ということだった。

たしかにぼくの学校生活はわりと悲惨な感じではあったし、ろくな説明もなく突然休みはじめたぼくに、彼女がそう思うのも無理はないような気もした。

ときどき彼女は、クラスメイトからの手紙を預かって持ってきてくれたりもした。春山くんからもらったこともあった。折ってごめん、と、新品の青い色鉛筆といっしょに。

たぶん彼女が相当頑張ってくれたのだろうな、とぼくは思った。

少し身体が回復して文字を書けるようになると、ぼくは彼女から届く手紙に返事を書きはじめた。

だいぶ良くなってきました、とか、もうしばらくしたら学校に行けると思う、とか。どうにか彼女の誤解を解いて安心させたかったのだけれど、あまり効果はなかったようだった。

彼女から届く手紙にはあいかわらず、クラスのみんながぼくを心配していることとか、どうか学校に来てほしい、というような願いが、切々とつづられていた。

これは一刻も早く元気になって学校に戻らなければ、と、ぼくは彼女からの手紙を読むたび、そんな切迫した思いに駆られるようになった。

痛い注射も苦い薬も、嫌がってはいられなかった。とにかく一日でも早く退院して、彼女の誤解を解かなければならないと、それだけで頭がいっぱいだった。

そんな必死さが通じたのか、治療は無事うまくいった。主治医の先生もちょっと驚くほどの順調さだったらしいと、あとで聞いた。

彼女は途中で飽きることも諦《あきら》めることもなく、ぼくに手紙を届けつづけた。ぼくが退院するまでの三ヵ月以上ものあいだ、ずっと。

そうして迎えた退院日にも、彼女はぼくの家を訪ねてきた。夕方、いつものようにプリントを持って。

なのでその日、ぼくははじめて、彼女を出迎えることができた。

玄関に出てきたぼくを見て、彼女はしばし目を見開いて固まっていた。

数秒の間を置いてから、やがてその表情がくしゃりと崩れる。一瞬、泣いたようにも見えてぎょっとした。けれど彼女は、すぐにそのくしゃくしゃな顔で笑って、

「うわあ、加賀谷くん久しぶり！」

「……うん、久しぶり」

ぼくも同じように明るい声を返したつもりだったけれど、喉《のど》を通った声は、ひどく不格好に掠《かす》れていた。本当に久しぶりに見た彼女の笑顔に、息が詰まって。

――また、会えた。

その喜びがじわじわと押し寄せてきて、水位を上げた感情に溺《おぼ》れそうになる。目の奥が熱くなる。気を抜くと涙があふれそうで、ぼくはあわてて顔に力を込めながら、

「あの……プリント、いつもありがとう。手紙も」

「ううん、ぜんぜん。体調はもう大丈夫？　元気になったの？」

「うん。来週からは、学校行けると思うから」

「ほんとに⁉　よかったあ」

ぼくの言葉に、ぱっと頬を紅潮させた彼女の笑顔が本当にうれしそうで、それにまた、どうしようもなく息が詰まった。

三ヵ月ぶりに会った彼女は、以前となにも変わらなかった。前髪には、今日もかわいらしいヘアピンが留められている。見覚えのある、赤いギンガムチェックのヘアピンだった。

「あ、そうだ。あのね」

その懐かしさに息が止まりそうになっていると、彼女がふと思い出したように、左手にぶら下げていたビニール袋を持ち上げた。近くのコンビニのレジ袋だった。

「はい、これ」彼女はそこからメロンパンを取り出すと、なぜかそれをこちらへ差し出して、

「あげる」

「……え、なんで」

唐突すぎるメロンパンを、ぼくが思いきり困惑して見下ろしていると、

「メロンパンて、おいしいから」

「……うん？」

「食べればもっと、元気出ると思うから」

彼女の顔を見ると、彼女はにこにこと笑いながら、だけどどこか真剣な目で、まっすぐにぼくを見ていた。

「メロンパンってね、魔法の食べものなんだよ」

困惑するぼくの手に半ば強引にメロンパンを押しつけながら、彼女が言う。

「魔法？」

「うん。幸せを運んでくれるの。どんなに落ち込んでても、メロンパン食べれば一発で回復できちゃうんだから。すごいよね」

「……それは」

ただ未森さんがメロンパン大好きだからじゃ、と。突っ込もうかどうか迷って、けっきょくやめた。

代わりに、「ありがとう」と呟《つぶや》いて、ぼくは彼女の手からメロンパンを受け取ると、

「あとで食べるね」

「うん！」

その日の夜に食べたメロンパンの味は、たぶん一生忘れられない。

もらったのは、コンビニに売られているなんの変哲もないメロンパンだった。今ま

でも何度か食べたことのあるものだったのに、なぜだかそのときは、はじめて食べる味がした。きっと彼女の手を通って渡されたことで、メロンパンの味が変わったのだと、ぼくは本気で思った。

涙が出るほどおいしかった。実際、ぼくは食べながらぼろぼろ泣いていた。おいしくて泣くなんて、生まれてはじめてのことだった。しかもコンビニのメロンパンで。しだいに嗚咽《おえつ》になって、途中、何度か細かい粉が気管に入ってむせそうになりながら、これで最後にしよう、とぼくは思った。

泣くのは、これで最後にしよう。

これから、ぼくは強くなる。強くならなければならない。

治療を乗り越えたことは、ぼくにとってたしかな自信となっていた。だけどそれだってすべては彼女の支えがあったからで、だから決めた。今度は彼女のために、ぼくが強くなるのだと。

もしも今後、彼女になにかあったなら、今度はぼくが、迷いなく彼女を助けられるように。その手をつかんで、引っ張り上げられるように。

それぐらい強くなって、今度はぼくが、全力で彼女を守るのだと。

その日ぼくは、そう、決めた。

第五章

一気に閑散としたホームで、わたしはしばし呆然《ぼうぜん》としていた。電車が消えていった線路の向こうを見つめ、ぼうっと立ちつくしていた。

喧騒《けんそう》の消えたホームに、駅の構内アナウンスだけがやけに大きく響く。

わけがわからなかった。今、いったいなにが起こったのだろう。

いや、なにが起こったのかはわかっている。柊太がわたしを電車から降ろした。わたしをホームに残して、ひとり電車に乗って帰っていった。わからないのは、その行動の意味だった。

ひなちゃんは一本あとの電車で帰って、と、最後に柊太はそう言った。

つまり柊太はわたしを帰したくなかったわけでもなく、ただただ、いっしょの電車で帰りたくなかったらしい。

……いやなんで？

朝から一日いっしょにいて、どうしてここで急に突き放されるのだろう。わけがわからない。

混乱しながらも、わたしはとりあえずスマホを取り出した。わからないことは柊太に訊《き》かなければどうしようもない。そう思ってメッセージアプリを開き、柊太の名前を探そうとしたときだった。

どくん、と心臓が音を立てた。画面に触れる指先から、一気に熱が引く。

――もういらないから。

河原でわたしのナイフを手にして言った、柊太の声が耳に響く。

――こんなお守り、ひなちゃんにはいらない。いらないようにする。

……いらないように、する？

あのときも、意味がわからなかったその言葉。なのにどうして訊き返さなかったのかと、今更強烈な後悔が込み上げた。今思えば、どう考えてもおかしな言い回しだったのに。

柊太はわたしにナイフを返さなかった。預かっておく、と言って自分の鞄《かばん》に入れた。

あれから柊太の気が変わって、やっぱり返す、なんて言われることはなかったので、ナイフは今も、柊太の鞄の中にある。

それを思い出した瞬間、ぞっとするほどの嫌な予感が背中を走った。

いらないようにする。彼の言った言葉が、繰り返し耳の奥で響く。そう告げたときの、柊太のひどく思いつめたような表情も。

なんでもするよ、とも彼は言っていた。決して冗談ではないトーンで、真剣に。

――あの頃、おれはひなちゃんにマジで救われたんだから。

――ひなちゃんのためなら。なんでもする。

ああ、そうだ。今頃になって、はっきりと思い当たる。

柊太は間違いなく、なにかしようとしていた。わたしがナイフをお守りとして持ち歩かなければならない状況を、変えようとしていた。いらないようにするとは、そういうことだった。それを決意した表情だった。あのときの、ナイフを鞄に入れる彼の横顔は。

どくどくどく、と鼓動が耳元で鳴る。手のひらに汗がにじむ。全身を巡る血液が、途端に冷たくなったようだった。

震える指先で、画面に映る彼の名前に触れる。メッセージを打つのももどかしく、通話ボタンを押した。スマホを耳に当てながら祈ったけれど、無機質な呼び出し音が鳴るだけで、柊太は出なかった。

時刻表を確認すると、次の下り電車は十五分後だった。じっとしていられず、わたしはホームを意味もなく歩き回りながら、それを待った。途中、何度か柊太へ電話をかけてみたけれど、彼につながることは一度もなかった。

十五分後にやってきた電車は空《す》いていたけれど、席に座る気にはなれなかった。わたしはドアの近くに立ったまま、窓の外を流れていく景色をじっと見つめた。

家の最寄り駅は、迷いなく通り過ごした。

確信があった。きっと柊太は、この駅では降りなかった。この駅で降りるのなら、わたしといっしょに電車に乗ってもよかったはずだから。

そこからまた二十分ほど揺られ、高校の最寄り駅に着いたところで、わたしは電車を降りた。

走って高校へ向かっていると、反対方向から歩いてくる同じ高校の生徒たちが、怪《け》訝《げん》そうにわたしを見た。

高校の昇降口に着いたところで、もう一度柊太に電話をかけてみる。あいかわらず突き放すような呼び出し音が響くだけで、彼は出ない。

息を吐いて、スマホを耳から離したとき、

「――えっ、ひなた？」

驚いたような声に名前を呼ばれ、振り向くと、芽依がいた。

ちょうど帰るところだったらしい。靴を履き鞄を肩に掛けた彼女は、わたしの顔を見るなり「どうしたの？」と目を丸くして、

「今来たの？　なんで今日学校休んだの？　先生に訊いたら、ひなたからはなんの連絡も来てないって言われたんだけど。え、てか、なんでジャージ」

早足でこちらへ歩み寄りながら、芽依が矢継ぎ早にまくし立てる。

芽依に声をかけられるのも、まっすぐに目を見て名前を呼ばれるのも、ずいぶん久しぶりのことだった。いつ以来かも思い出せないぐらいに。

だけど今は、そんな感慨に浸っている暇はなかった。芽依がわたしを心配してくれているらしいことに、なにかを思う余裕もなかった。

「芽依」まくし立てる彼女の声をさえぎり、わたしは上擦る声で彼女の名前を呼ぶと、

「ねえ、柊太見なかった？」

口を開くと、呼吸がひどく荒くなっていることに気づいた。額から噴きだした汗がこめかみを伝う。

「柊太？」

訊き返した芽依も、そこでわたしのただならぬ様子に気づいたらしい。

「え、柊太って」表情を強張《こわば》らせ、硬い声で繰り返すと、

「三組の加賀谷くんだよね？」

「そう。ちょっと前に、学校に来たと思うんだけど」

「見た」

「え」

「見たよ、さっき」

まっすぐにわたしの目を見つめ、芽依は強張った声で告げる。そのかすかに青ざめた顔を見て、ざわりと胸の奥をなにかが走り抜けていった。ぞっとするような嫌な予感が、今度こそはっきりと足首をつかむ。

「さっき、うちの教室に来てた、加賀谷くん」

芽依のほうも、わたしの顔を見てなにか嫌な予感が走ったらしい。

「莉々子に」顔を引きつらせながら、彼女は早口に言葉を継ぐと、

「話があるって、言ってて」

「え」

「それで莉々子と、ふたりで、どっか行ってた」

がん、と頭を殴られたみたいに一瞬、視界が揺れた。

喉《のど》に冷たい唾《つば》が落ちる。

「どっかって」唇からこぼれた声は、動揺でひどく掠《かす》れていた。

「どこに」

「わかんない、ごめん。あたし、どうせ告白かなんかだと思って、気にせず先に帰っちゃって――」

嫌な予感は、すでに頂点に達していた。

気づいたときには、わたしは靴を脱ぎ捨て、校舎内に駆け込んでいた。ひなた、と後ろで芽依が呼んだのがわかったけれど、振り返る余裕はなかった。

廊下を走り、階段を駆け上がる。

まず覗《のぞ》いたのは、わたしのクラスである一年一組の教室だった。

がらんとした教室には三人ほどのクラスメイトが残っていて、わたしに気づくとみんな驚いたようにこちらを見た。「え、未森さん？」「なんで」とささやき合う声が小さく聞こえるその中に、莉々子の姿はなかった。美緒もいなかった。

それを確認して次は三組の教室へ移動したけれど、こちらはすでにもぬけの殻だった。

柊太が莉々子を連れていきそうな場所なんて、さっぱり当てはなかった。だけど足を止めている暇はなかった。廊下に並ぶ教室を片っぱしから覗いていき、そのあとは三階に上がった。

三階にあるのは上級生の教室で、訪れるのははじめてだった。すれ違う人たちからはあからさまに怪訝な目を向けられながらも、かまわず端から順に教室を覗いていく。だけどいるのは当然ながら上級生ばかりで、柊太も莉々子もいるはずがなかった。

──違う。

そこでわたしは少し考えてから、踵《きびす》を返した。

そうして次に向かったのは、北校舎だった。

わざわざ莉々子を教室から連れ出したということは、柊太は人目のない場所で彼女と話したかったのだろう、きっと。その意味については深く考えたくなかったけれど、とにかく。

いるとしたら、ひとけのない場所のはずだ。

北校舎は、美術室や音楽室などの特別教室ばかりが並ぶ校舎だった。放課後は基本的にひとけはなく、南校舎に比べると廊下も薄暗い。しんと静まり返った廊下を走っていると、自分の足音だけがいやに大きく反響するようだった。

だから、聞こえた。

廊下のいちばん手前にあった美術室を覗くため、足を止めたところで。

それほど大きな声ではなかったのに、奇妙なほどはっきりと、耳に届いた。

廊下の奥から響いた、きゃっ、という引きつった悲鳴のような声が。

息が止まる。

なにか考えている間はなかった。駆け出しながら、わたしはすでにそれが莉々子の声だと確信していた。

間に合え、間に合え、とそれだけが絶えず頭蓋《ずがい》の内側で反響する。

息を吸う余裕もなく、呼吸も忘れてただ無我夢中で走った。焦りすぎて何度か足がもつれかけた。廊下を、こんなに長いと感じたのははじめてだった。

ふたりがいたのは、奥から三番目の空き教室だった。

勢いのまま走り抜けようとしたその教室に人影を見つけ、あわてて足を止める。その拍子に、今度こそ足がもつれた。踏ん張る間もなく、膝《ひざ》から床に崩れ落ちる。したたかに膝を打ちつけたけれど、痛みが脳に届くより先に、目の前の光景に思考がはじけ飛んだ。

そこにいたのは、間違いなく柊太と莉々子だった。二メートルほどの距離を置いて、ふたりは向かい合っていた。

表情はわからなかった。わたしの目に映ったのは、柊太の手元だけだった。そこに握られたナイフの切っ先が、差し込む日差しを浴びて鈍く輝くのが、いやにはっきりと見えた。

鞘《さや》から抜かれ、むき出しになった刃《やいば》。それがまぎれもなく、柊太の手にあった。

ひゅっと喉が鳴る。身体の血の気が引く。

「柊太……！」

叫んだつもりだったけれど、実際は吐息のような掠れた声が漏れただけだった。

ふたりに届いたのかはわからない。わたしの目はずっとナイフの切っ先に釘付《くぎづ》けだった。少しでも目を離せば、それが莉々子の身体に沈んでしまいそうで。

いそいで立ち上がろうとしたら、痺《しび》れた足がまたもつれた。だけど止まっている暇はなく、今にも倒れそうな前傾姿勢のまま、転がるように教室に飛び込む。

目指したのは、柊太の手にあるナイフだった。それしか目に入っていなかった。そのまま突進するような勢いで突っ込み、一心不乱に手を伸ばす。そうしてナイフの柄を握る彼の手をつかもうとしたとき、

「え、ひなちゃ――」

柊太が、ふいに驚いたようにこちらを向いた。同時に、彼の持つナイフの刃もこちらを向く。

あっと思ったときには、もう遅かった。柊太の手をつかもうと伸ばしたわたしの手のひらに、思いきり刃がぶつかる。

ぱっと赤い血が舞う。

痛みは、一拍遅れて手のひらに弾《はじ》けた。

思わず顔が歪《ゆが》むのを感じながらも、動きは止めなかった。あらためて手を伸ばし、つかみそこねた柊太の手を今度こそつかむ。

瞬間、鮮やかな痛みが爪先《つまさき》まで広がった。ぐっと奥歯を嚙《か》みしめながら、それでも必死に力を込めていると、

「ひなちゃん！」

悲鳴のような声が耳元で響くと同時に、柊太の手からナイフがこぼれた。かつん、と足元で硬い音が鳴る。

「大丈夫!? え、なんでここに……」

落としたナイフを一瞥《いちべつ》もせず、柊太は引きつった声を上げながら、反対の手でわた

しの手をつかむ。血はだくだくとあふれ続けていて、すぐに柊太の手も赤く汚れた。手首を伝い、ぼたぼたと床に落ちていく。

なんでここにはこっちの台詞《せりふ》だと叫びたかったけれど、さすがに痛みで息が詰まった。額に脂汗がにじむ。ナイフが柊太の手を離れて安堵《あんど》したことで、痛みがよりいっそう鮮烈になる。立っているのもつらくなり、わたしが崩れるようにしゃがみこめば、

「ひなちゃん！　どうしよ、とにかく止血……！」

おろおろと声を上げながら、柊太もわたしといっしょにしゃがみこむ。

そんな彼の肩越しに、莉々子が見えた。

つかの間意識から消えていたその存在をそこで思い出し、わたしは視線を上げる。

莉々子は蒼白《そうはく》な顔で、こちらを見ていた。

はじめて見る表情だった。目を見張り、薄く開いた唇を震わせながら、彼女は凍ったように立ちつくしていた。胸の前で縋《すが》るように握りしめられた両手も、小刻みに震えていた。

ナイフを向けられていたときの恐怖のまま、彼女が動けずにいるのがわかった。

だけどわたしと目を合わせたとき、怯《おび》えて強張《こわば》るその表情が、ふっとかすかにゆるむのを見た。本当にかすかな変化だったのに、わたしの目にははやけにはっきりと映っ

た。

「ひなた……」

同時に、掠《かす》れたか細い声が、莉々子の唇からこぼれる。

そこににじむのが安堵だと、気づいた瞬間だった。

「あ……ありが」

「違うから」

かっと頭に血がのぼった。

気づけば彼女の口にしかけた言葉をさえぎり、わたしは声を上げていた。

「あんたを、助けようとしたわけじゃ、ないから」

荒い息の合間、掠れる声を必死に押し出す。

べつに照れ隠しでもなんでもなかった。本当にそうだった。勘違いされたくなかった。今、焼けるような痛みが暴れている手のひらの怪我も。莉々子を助けるために負ったものだなんて、死んでも思われたくなかった。

だってわたしは、莉々子を助けたかったわけじゃない。わたしはただ、

「ただ柊太を止めたかっただけ。柊太がわたしのせいで犯罪者になって、柊太の人生が台無しになるのが、死んでも嫌だっただけ。わたしが耐えられなかったのは、ただ

それだけで」

莉々子に投げつけた言葉が、自分の胸に返ってきて、すとんと収まる。そうだ、と思う。そうだった。あの瞬間、わたしの頭にあったのはそれだけだった。

ホームでひとり立ちつくしていたときも。窓の外を見つめながら電車に揺られていたときも。あてもなく校内を走り回っていたときも。

わたしは柊太のことしか考えていなかった。柊太がわたしのためになにかとんでもないことをしでかそうとしているなら、止めなければならないと思った。わたしのために、柊太が傷つくのだけは嫌だった。ただそれだけで、それ以外はどうでもよかった。

――そうだ。それでよかったんだ。

そうやって、自分の大事な人のことだけ、考えていられれば。

「べつに、いいよ」

呆然《ぼうぜん》とした表情で固まる莉々子の顔をまっすぐに見据え、言葉を重ねる。ずっとわたしは彼女にこの言葉をぶつけたかったのだと、言いながら気づいた。

「莉々子がわたしを、嫌いでも」

手のひらを突き刺す痛みに押されるよう、喉《のど》の奥に縮こまっていたそんな言葉たちが、次々に飛び出していく。

「それでいいよ。これからもずっと嫌っていればいい。莉々子がどんだけむかつこうが嫌いだろうが、これがわたしだから。これからもわたしは、あんたのために変わる気なんてないから」

彼女に傷つけられるたび、言い聞かせるように胸の中で繰り返してきたはずの言葉。だけどちっとも自分のものにできずにいたその言葉が、彼女にぶつけたことではじめて、深く胸の奥に染み入るのを感じた。

そうだ、とはじめて心の底から思う。

どうでもいい。好きでもない人に嫌われることなんて、どうでもいいに決まっている。

どうでもいいことだったんだ、ずっと。

わたしはなんで、そんなことでいちいち傷ついていたのだろう。バカみたい。バカみたいだ、本当に。

だって、

「このわたしを、好きだって言ってくれる人がいるから」

――それだけで、本当は、充分だったのに。

「わたしはこれからも、その人に好きになってもらえた、わたしでいたいから」

瞬間、胸を貫いていたナイフが抜け落ちるのを感じた。今まで莉々子や美緒や、クラスメイトたちに刺されてきたナイフだった。

莉々子は、最後までなにも言わなかった。身動きひとつせず、ただじっとわたしの言葉を聞いていた。

一気にまくし立てたせいで、荒くなっていた呼吸がさらに浅くなる。肩を揺らしながら、わたしが苦しさに顔を伏せたとき、

「――ねえ、それより早く保健室！」

ふいに傍で大きな声がすると同時に、横から伸びてきた手がわたしの手をつかんだ。柊太の手ではなかった。驚いて目を上げると、いつからいたのか、芽依がハンカチでわたしの手のひらを押さえながら、

「早く行こうよ！　加賀谷くんもなにぼけっとしてんの！」

「え、あ、そ、そうか」

芽依に促され、柊太は我に返ったようにわたしを立ち上がらせる。けれどわたしが痛みに顔をしかめてしまったのを見ると、すぐにわたしの前に背中を向けてしゃがんだ。

「乗って」と言われ一瞬ぎょっとしたけれど、恥ずかしいなんて言っている場合でもなかった。手のひらの痛みも、いい加減限界だった。

柊太に背負われて保健室へ向かうあいだ、幸い、知り合いとはひとりもすれ違わなかった。

今まさに帰ろうとしていた保健室の先生を引き止めて怪我を見てもらうと、これは病院行きだと即座に告げられた。

先生はさすがの慣れた手つきで手早くガーゼで応急処置をしてから、近くの病院まで車で連れていってくれた。

車の中で、いったいなにをしていて怪我したのか、と訊《たず》ねられたので、

「カッターナイフで紙を切ってたら、うっかり手が滑っちゃって」

わたしは咄嗟《とっさ》にそんな説明をした。幸い先生はなにも疑問に思わなかったようで、それ以上突っ込まれることはなかった。

治療を終え、ぐるぐるに包帯の巻かれた右手を庇《かば》いながら、わたしは処置室を出る。

そうしてロビーに戻ったところで、ちょっと驚いた。

いつ来たのか、そこには他の患者に交じって、柊太と芽依がいた。なぜか隣同士で

はなくあいだにひとつ席を空け、ちょっと気まずそうに座っている。

「あっ、ひなちゃん」

わたしに気づくと、柊太のほうが先に立ち上がってこちらへ歩いてきた。

「大丈夫だった？」そうして目の前に立つなり、分厚い包帯の巻かれたわたしの右手を強張《こわば》った顔で眺めながら、

「縫ったの？」

「うん」

「何針？」

「十針」

うっわ、とそこでなぜか柊太のほうが痛そうに顔をしかめて、

「痛かったでしょ」

「縫ってるあいだはべつに。麻酔してるし」

「今は？」

「今も大丈夫。まだ麻酔が効いてる」

柊太と話しているあいだ、芽依は立ち上がることなく、椅子に座ったままわたしたちを見ていた。なんとなく身の置き場がないような、そわそわした様子で。

なにか言いたげな顔をしているのが見えて、わたしは芽依のもとへ歩いていった。

柊太はついてこなかった。少し離れた位置にいた保健室の先生のほうへ歩いていくのが、視界の端に見えた。

近づいてくるわたしを硬い表情で見ていた芽依の隣に、無言で座る。

診療終了間近のロビーは空《す》いていて、わたしたちの他には会計を待っているらしい人が五人ほど、まばらに座っているだけだった。

そんな静かな空間だったから、ぽつんと芽依がこぼした「ひなた」という小さな声も、ちゃんと拾うことができた。

うん、と訊《き》き返しながら、わたしは彼女のほうを見る。

なにか言いかけたようだったけれど、わたしと目が合うと、芽依は開きかけた口をまたつぐんだ。視線を落とし、軽く唇を噛《か》む。

言葉を探しあぐねているような沈黙に、思えばこんなふうに芽依と話すのはずいぶん久しぶりなのだということに、今更思い至った。さっきまではいろいろと切羽詰まっていたせいで、そんな気まずさは吹っ飛んでしまっていたけれど。

気づいたら、わたしも言葉に詰まってしまった。なにを話せばいいのかわからなかった。

そもそも芽依は、どうして今ここにいるのだろう。柊太はともかく、芽依が病院についてきているなんてまったく思わなかった。

思えば、さっきも。芽依はどうして、あの北校舎の空き教室にいたのだろう。北校舎は間違いなく、偶然通りかかるような場所ではない。もしかして昇降口で別れたあと、わたしを追いかけてきていたのだろうか。

そんなことを、頭の隅でとりとめもなく考えていたら、

「ひなた」

もう一度芽依に名前を呼ばれた。今度はどこか、意を決したような声だった。

あらためて、わたしは彼女のほうを見る。

「あの」芽依は強張った表情で、だけどまっすぐにわたしの目を見つめていた。

膝《ひざ》の上に置かれた彼女の両手が、ぎゅっとスカートを握りしめているのが見えた。

「あ、あたしね」

「うん」

「ずっと、ひなたに、言いたかったことがあって」

「うん」

「あの」

芽依はそこでもう一度言葉を切ると、すっと短く息を吸ってから、

「ありがとう」

え、と思わず声が漏れていた。

てっきり謝られるのだと思っていたから。つい当たり前のように、「ごめん」の言葉を待ってしまっていた。

向けられた予想外の言葉に、わたしがちょっと面食らっていたら、

「あ、それと……もちろん、ごめん、も」

思い出したように芽依はもごもごと続けて、視線を落とした。スカートを握りしめる彼女の両手に、また少し力がこもる。

「……なんでありがとう？」

目元がかすかに赤く染まった彼女の横顔を眺めながら、わたしが浮かんだ疑問をそのまま訊ねると、

「本当は、うれしかったから」

「なにが？」

「あの日、ひなたが、莉々子に言ってくれたこと」

たどたどしく、言葉を手繰るようにして芽依は言う。言葉の切れ目で、何度となく

唇を噛みながら。
「あの日」とわたしが繰り返すと、
「かわいそうとは思わない、って。あたしのお弁当のことを、ひなたが、そう言って
くれたとき」
言われて、すぐに記憶はよみがえった。今でも、昨日のことみたいに思い出せる記
憶だった。
あの日。芽依におかずをあげないのかと莉々子に訊かれ、わたしが莉々子にそう返
した日。
その日は、わたしの学校生活が一変した日だった。
その言葉を引き金に、わたしは莉々子の怒りを買い、グループを外された。そうし
て気づけばグループだけでなく、クラスからつまはじきにされた。
あの日を境にわたしの日常は変わって、きっともう二度と、元に戻ることはなくな
った。
「あたしね、本当は嫌だったんだ。あたしのお弁当が質素でかわいそうだからって、
莉々子たちがおかずくれるの。自分がいらないヘアアクセとかを、あたしなら喜ぶだ
ろうって決めつけて、ぜんぶ押しつけてくるのも。なんか見下されてる感じがして、

でもうちに余裕がないのは本当だし、あたしずっとなにも言えなくて。むしろへつらうみたいに、へらへら笑ってばっかりで。でも、そうしたらひなたが」

顔を伏せたまま、訥々《とつとつ》と芽依は言葉を続ける。途中、何度か止まって苦しげな息を挟みながら。

「莉々子に、そんなふうに言ってくれて。あたしの言いたかったこと、伝えてくれて。……うれしかったの。本当に」

最後の言葉は、絞り出すような声色だった。

膝の上でぐっと握りしめられた彼女の拳《こぶし》が、かすかに震える。

「……じゃあ、なんで」

芽依の言葉に、嘘は見えなかった。だからこそ考えるより先に、唇からはそんな声がこぼれ落ちていた。

――なんで芽依は、莉々子たちについたの。なんでわたしといっしょには、いてくれなかったの。

疑問をすべて口に出すより先に、そのこぼれた一言だけで芽依には伝わったらしい。ぐしゃっと顔を歪《ゆが》め、「ごめん」と泣きそうな声で繰り返した彼女は、

「あたし、怖くて。莉々子たちを敵に回すの、どうしても怖かった。莉々子って中学

ではちょっと有名だったらしくて、気に入らない子をいじめて不登校にまで追い込んだとか、そんな話も聞いたことがあって。うち余裕ないのに、あたしがこの高校行きたいって言ったから、かなり無理して通わせてもらってるのも知ってたし、それなのに、もしあたしがいじめられて不登校になんかなったりしたら、そんなのぜったいに許されないと思って。だから」

押し出すようにまくし立てていた芽依は、そこでふと言葉を切った。

泣き出しそうだった彼女の横顔から、つかの間、表情が消える。彼女の右手が顔を隠すようにゆるゆると上がって、前髪をぐしゃりと握りしめた。

「……なんて」そうしてぽつんとこぼした彼女の口元には、今度は自嘲《じちょう》するような重たい笑みが浮かぶ。

「そんなの、今更なに言っても言い訳にしかならないよね。……ごめん」

なにかを諦《あきら》めたような、ひどく乾いた声だった。

わたしはなにも言えなかった。

いいよ、と軽く返すには少し、時間が経ちすぎていた。

ただ黙って、口元しか見えない芽依の伏せられた横顔を見つめる。

そんな、これ以上なく重たい沈黙のあとだった。

「──よし！」

彼女が急にそんな声を上げ、さらに勢いよく顔を上げるものだから、驚いた。

「ひなた」言いながら身体ごとこちらに向き直った芽依と、至近距離で目が合う。

数秒前とは打って変わり、なにか覚悟を決めたような迷いのない目だった。

思わず気圧《けお》されるほどのまっすぐな視線をわたしへ向けながら、彼女はすっと短く息を吸う。そして言った。

「殴って」

「……は？」

「あたしを殴って、ひなた」

声ははっきりと鼓膜を揺らしたのに、意味を捉《とら》えるのには時間がかかった。

間抜けな声が漏れる。

「え、なんて？」

「ひなたが、あたしを殴って」

ぽかんとするわたしに、芽依がさっき以上にはっきりとした声で繰り返す。あいかわらず気圧されるほどまっすぐな視線を、わたしの顔に留《とど》めたまま。

「思いっきり。何発でもいいから。さあ」

どうぞ！　とどこか勇ましさすら感じる表情で、芽依は眉間《みけん》に力を込める。それでも視線は決して、わたしの目から逸《そ》らさずに。

本気だった。それだけはわかった。

わたしがあっけにとられて、そんな芽依の顔をただ見つめていると、

「これで許してとか、言うわけじゃないよ」

ふいに真剣なトーンで、芽依がまた口を開いた。勇ましかった表情がまた少し、頼りなく歪む。

「殴られたぐらいで許されるわけないってことは、わかってる。ただあたしは、ひなたにこれぐらいされて当然だと思うから。ひなただって、これぐらいしなきゃ気が済まないと思うから。だからこれはあたしへの罰というか、けじめというか、とにかくそんな感じだから、遠慮なくどうぞ！」

知らなかった。

迷いのない強さで一息にまくし立てた芽依を見ながら、わたしは思う。

短い期間だったとはいえ、芽依とは友だちでいたのに。あの三人の中ではいちばん、仲良くしていたつもりだったのに。

わたしはきっと彼女のことを、まだなにも、知ってはいなかった。

「……いや」

口を開いたら、ふっと唇の端がゆるむのを感じた。吐息のような笑いがこぼれる。

「ここじゃちょっと。人目もあるし」

「え？　あ、たしかに」

「明日《あした》」

「へ」

「明日の昼休み、中庭に来て」

わたしが告げると、芽依は少し目を見開いた。そうして一瞬だけ息を止めるように黙ったあとで、

「あ……な、なるほど」

なにを想像したのか、かすかに引きつった表情で納得したように頷《うなず》きながら、

「そっか、中庭なら人目もないしね。どうせやるなら、そこで思う存分やるほうがいいよね、うん。わかった、じゃ、じゃあ明日」

「お弁当持ってきてね」

「うん。……え？　なんで？」

「いっしょに食べるから」

「……へ？」

「お昼の中庭、今くっそ暑いけど。わたしは中庭で食べたいんだから、我慢してね。罰なんだし」

芽依はしばしぽかんとして、わたしの顔を見つめていた。唇を薄く開いたまま、何度か短いまばたきをする。

やがて、時間差で言葉の意味が染み入ってきたみたいに、ゆっくりとその頬が上気した。目元まで赤く染めながら、くしゃりと崩れるような笑顔になる。

「……う、うん！　了解！」

泣き笑いみたいな芽依の顔を見ながら、わたしはまた思い出す。あの日。わたしの学校生活が、一変した日。

今でもはっきりと覚えている。ゆっくりと表情が剝《は》がれ落ちた、莉々子の能面のような無表情を。ぞっとするほど静かだった、あの瞬間の教室を。わたしのどの言葉が、そこまで莉々子を怒らせたのかも。

それでも、その瞬間から今に至るまで一度も。

わたしは莉々子にそれを言わなければよかったと、後悔したことはなかった。

莉々子に促されるまま芽依におかずをあげて、ただ彼女たちといっしょに笑っていればよかった、なんて。そんなふうに思ったことは本当に、一度だってなかった。

わたしはわたしの正しいと信じるほうを、選びたかった。

そしてきっと、それでよかったのだと。

目の前で瞳《ひとみ》を潤ませて笑う芽依を見ながら、今はじめて、少しだけ、そう思えた。

病院を出ると、辺りは薄暗かった。夕陽が沈んだばかりの空の端には、夜の色がにじんでいる。

芽依とは帰る方向が違うので、そこで別れることになった。

「じゃあひなた、また明日ね」と少しぎこちない笑顔で手を振った彼女の背中を見送ってから、わたしたちも帰ろうとしたところで、

「ひなちゃん、歩ける？　おんぶしよっか？」

訊《き》きながら柊太はもうわたしの前に屈《かが》もうとしていて、「いや大丈夫」とわたしはあわてて首を振った。

「怪我したの手だし。ふつうに歩けるから」

「でも痛いでしょ。できるだけ安静にしといたほうが」

「大丈夫だって、そんなたいした怪我でもないし」

「たいした怪我だよ。十針縫ったんだよ」

わたしの言葉に、叱るような口調で柊太が言い返した直後だった。

「あ、いや」そこではっとしたように口をつぐんだ彼が、足元に視線を落とす。そうして一度強く唇を噛《か》んだあとで、

「まあ、おれのせいなんだけど。……ごめん」

まったくだ、とは心の底から思った。誰のせいかと訊かれれば、柊太のせい以外のなにものでもない。

だけどその絞り出すような声も、うつむく表情も、本当に心底意気消沈しきっていたものだから、けっきょく、湧きかけた怒りはすぐに押し流されてしまった。

少し考えたあとで、わたしは短く息を吸う。それから、「柊太」と低い声で彼を呼んだ。

「ん？」

「ちょっとこっち向いて」

「え、なに……」

訊き返しながら素直にこちらを振り向いた柊太の顔へ向けて、わたしは左手を振り上げる。

え、と驚いたように彼が目を丸くするのと、その頰に手のひらがぶつかるのは同時だった。ぺし、となんとも気の抜けた音が鳴る。

「……へ？　なに今の」

衝撃でよろめくことも痛みに顔を歪《ゆが》めることもなく、柊太はただきょとんとしていた。まっすぐにわたしの顔を見つめたまま、

「今ビンタした？」

「そうだよ。柊太があんな、バカなことするから」

口に出すと、にわかにそのときの衝撃がよみがえってきたような気がして、語尾が震えた。ぞっとして、身体の芯《しん》が冷たくなる。

だけど、え、と声を漏らした柊太のほうは、なぜかピンときていないような顔で、

「バカなこと？」

「してたでしょ、大バカなこと」

「え、なにを」

本気でわかっていないような顔で訊き返され、一瞬啞然《あぜん》とした。

「なにって」また左手を振り上げたくなるのを堪《こら》えながら、わたしは突っ返す。あきれすぎて、ちょっと声が裏返った。

「柊太が莉々子を、刺そうとしてたでしょ！」

思わず大きな声を出してしまったあとで、はっとした。

国道沿いにある病院の周りは、それなりに人通りも多い。物騒な言葉を誰かに聞かれなかったかと、わたしがあわてて辺りを見回していたら、

「……え？　刺そうとはしてないけど」

柊太のきょとんとした声が返ってきて、わたしも「え？」ときょとんとした声を上げていた。「いや」眉《まゆ》をひそめながら彼のほうを見る。

「ナイフ持ってたじゃん、柊太」

今でも瞼《まぶた》の裏に焼きついている。心臓が凍りつくような光景だった。わたしはきっと、あの光景を一生忘れられないだろうと思った。

納得できなくてわたしが早口に反駁《はんばく》すると、柊太は困ったように、

「持ってたけど、あれは刺そうと思ってたわけじゃなくて。いや、刺してやろうかって気持ちがぜんぜんなかったわけじゃないけど、でも最初は本当に、ただ話そうと思って連れ出しただけで」

「話すために、わざわざ北校舎まで？」

「まあ、おれもあんまり冷静に話せる自信なかったから。人目がないほうがいいかな

って」

「手出す気だったんじゃん！」

ぎょっとして突っ込むと、「あ、いや、そういうわけじゃなくて」と柊太はあわてたように顔の前で手を振る。

「手出す気だったというか、万が一手出しちゃったとしても仕方ないかな、ぐらいの。あんだけひなちゃんのこと傷つけた相手なんだし、言ってもわからないならもう、そうしてもいいかなって」

「……で、けっきょく言ってもわからなかったから、刺そうとしたってこと？」

淡々と口にする柊太に少しぞっとしながら、わたしは彼の言葉を引き取って訊《たず》ねる。柊太になにか言われたぐらいで、莉々子が応《こた》えるとはまったく思えなかった。平然とした顔で飄々《ひょうひょう》と言い返す莉々子の姿なら、嫌になるほど想像できた。

「刺そうとはしてないって。最初は本当にただ話してた。でもあいつがむかつくこと言うから、こっちも腹立って言い返してたら、ちょっと白熱しちゃって、つい」

「ナイフ出したの？」

前のめり気味に訊ねると、いやいや、と柊太は首を横に振って、

「出そうと思って出したわけじゃなくて、ただ、ポケットに入れてたのをうっかり落

としちゃったから。それを拾っただけで」

「え、なんでポケットに入れてたの」

「見せてやろうかと思ったから。あいつに、ひなちゃんがどれだけ追い詰められてるのか。最初は本当にただ、それだけだったんだけど」

そこで軽く言葉を切った柊太が、ふっと目を伏せる。「でも」と続けた彼の声は、どこか苦しげに掠《かす》れていた。

「一瞬、本当に一瞬だけ、ちらっと思っちゃって」

「なにを」

「いっそ今ここでこいつを刺しちゃえば、ぜんぶ終わるなあ、とか。ひなちゃんが苦しめられることも、もうなくなるんだなあ、とか」

平淡に告げられた言葉に、わたしが思わず息を止めたとき、

「いや、でもすぐに、さすがにそれは駄目だって思い直したけど。そんなことしたらひなちゃん、ぜったいよけいに悲しむだろうし。だからナイフをしまおうとしてたら、そこにいきなりひなちゃんがすごい勢いで飛び込んでくるもんだから」

「……なんで」

——なんでもするよ。

今日聞いた柊太の言葉がまた、耳の奥によみがえる。

――ひなちゃんのためなら。なんでもする。

その言葉が嘘ではないことを、きっとわたしはもう知っていたから。

「なんで柊太、そこまで……」

訊ねかけたとき、ふっと辺りが暗くなった。背後にあった病院の明かりが消えたためだった。思えばさっきから、わたしたちは病院の前で足を止めてずっと話し込んでいた。

あ、とわたしと柊太がほぼ同時に口を開く。そうして、とりあえず帰ろうか、ということをお互いに早口に言い合って、ようやく病院の前から離れた。

あらためておんぶの提案をしてきた柊太には、あらためて丁重に断っておいた。校内はともかく、外ではさすがに恥ずかしすぎた。

道中、わたしたちはなんとなく無言になった。

わたしは途切れた言葉の続きを言いたかったのだけれど、歩きながらできるような話ではない気がして、やめた。

けっきょく、わたしがふたたび口を開けたのは、駅に着いて、ホームのベンチに柊太と並んで座ったあとだった。

空はもう真っ暗だった。いつもはうちの高校の学生であふれているホームに、ひとけはない。ベンチの上の蛍光灯だけが、ぼうっと暗闇に浮かび上がって見えた。

「……柊太」

呟《つぶや》くように名前を呼ぶと、うん、と相槌《あいづち》を打ちながら柊太がこちらを見た。

だからわたしも、彼の顔をまっすぐに見た。

「あのね」すっと短く息を吸い、できるだけ真剣な口調になるよう努めて口を開く。

「約束してほしいことがあるの」

「うん、おれも」

「え？」

「おれもある」

柊太からは思いがけない言葉が返ってきて、なんだか出端《ではな》をくじかれた。

「え、なに？」短くまばたきをしながら、わたしが思わず訊《き》き返してしまうと、

「ひなちゃんから先にどうぞ」

と柊太は落ち着いた声で言った。

「え、あ……じゃあ、えっと」

促されるまま、わたしはなんとなく居住まいを直す。膝《ひざ》の上に両手をそろえて置い

て、もう一度、すっと息を吸った。

「あのね」

「はい」

「……もう、今日みたいなことは、しないでほしい」

喉《のど》を通った声は、思いのほか切実なトーンになった。口に出すとまた少し身体が震えたけれど、視線は彼の目から逸《そ》らさないよう努めた。

柊太もまっすぐに、そんなわたしの目を見つめ返していた。

そうして、うん、と静かに相槌を打つと、

「じゃあひなちゃんも、約束して」

そう言った柊太の声も、ひどく切実だった。

おそろしく真剣なその目に射貫《いぬ》かれるような心地になりながら、「なにを」と訊き返せば、

「——おれに、助けてって言って」

「……え」

「しんどいときとか、耐えられないって思ったときとか。まずおれのところに来て。なにか考えるより先に、助けを求めて。そうしたらおれ、なんでもするから。なにを

してでも、ひなちゃんのこと助けるから」

その言葉が本当なのは、もう知っていた。

柊太は本当に、なんでもする。

さっき、刺す気はなかった、と彼は言っていたけれど。あのときまっすぐに莉々子へ向けられていた刃《やいば》は、今にも彼女の身体を貫きそうに見えた。脅すために向けられたものには見えなかった。それぐらい強い憎悪を、その切っ先に感じた。

あのときわたしが止めなかったなら、柊太は、本当はどうしていたのだろう。

想像するとぞっとして、身体の芯《しん》が冷たくなる。

「ひなちゃんさ、おれに助けてって言わなかったよね。一回も」

「……うん」

ちょっと怒ったような声色で続いた柊太の言葉に、わたしは小さく頷《うなず》く。

そうだ、言わなかった。柊太がわたしを、心から心配してくれているのは知っていたけれど。

柊太に助けを求めるなんて一瞬も、頭の隅をよぎることすらなかった。

今この学校でわたしの味方でいてくれるのなんて、きっともう柊太しかいないことも、わたしはよくわかっていたけれど、それでも。

柊太にだけは、言いたくなかった。ぜったいに言いたくなかった。

「なんで?」

「……だって」

知っていたから。柊太がわたしを大切に思ってくれていること。柊太はきっと、わたしが苦しんでいたら全力で助けようとしてくれること。代わりに自分が傷つく結果になったとしても、きっとかまわずに。

わたしはそれが、嫌だった。自分が苦しむよりも何倍も。わたしには、そちらのほうがよほど耐えられなかったから。

「柊太、危なっかしいことするじゃん」

「危なっかしいこと?」

「ナイフ持ち出したり、そういうバカなこと」

「今日はそうしないと、ひなちゃんが死ぬと思ったから」

「……え」

「今朝、駅のホームで立ちつくしてるひなちゃん見つけたときに思った。このまま死んじゃうんじゃないかって、本気で」

そんなわけない、とは言えなかった。

たしかにそうだったかもしれない、ということは、自分でもよくわかっていたから。あの一瞬はたしかに、死がどうしようもなく、輝いて見えた。

「万が一ひなちゃんをみすみす死なせるようなことがあったら、おれはぜったいに耐えられないから。そりゃどんなことをしても助けるよ。ひなちゃんはおれの、世界のすべてみたいなものだから」

「なんで、そこまで……」

柊太がわたしに感謝してくれているらしいのは、なんとなく知っていた。たぶん小学校の頃、ひとりぼっちだった柊太に、わたしがちょくちょく声をかけたりしていたから。

だけどそんなの、わたしがただ柊太のことが気になって、友だちになりたいと思ったから声をかけていただけのことで。感謝されるにしても、そこまで重たく捉《とら》えられるようなことじゃない。

実際、小学校の高学年あたりから柊太はどんどん明るくなって、友だちも増えていった。もともと、柊太にはそれぐらいのポテンシャルがあったのだ。たまたまわたしが、彼のそんな魅力にいち早く気づけたというだけで。

世界のすべて、だとか。それほど大げさに受け止められるようなことはなにも、していないのに。

「ね、ひなちゃん」

わたしが困惑していると、柊太はふと思い立ったようにわたしを呼んだ。

「見て」と言いながら、おもむろに、着ていたジャージとその下のTシャツをまくり上げる。そうしてお腹から胸元あたりまであらわにした彼にぎょっとして、ちょ、とわたしが声を上げかけたときだった。

声が、喉に詰まった。

左胸の下あたり。そこに太く線を引いたように残っている、傷痕《きずあと》が目に飛び込んできて。

「え……それ」

「おれさ、手術したんだ。小学三年生のとき」

「手術?」

初耳だった。驚いて、彼の顔と胸元の傷痕を交互に眺めていると、

「しばらく学校休んでた時期があったでしょ。なんかひなちゃんは、おれが登校拒否してると思ってたみたいだけど、そのとき」

「あ、あった!」

柊太が突然、明日《あした》からしばらく休む、と告げて学校に来なくなった時期。理由を訊《たず》ねてもはっきりしなかったし、わたしはてっきり、学校が嫌になって来られなくなったのだと思った。その頃の柊太は、クラスの男子からけっこう悪質な嫌がらせを受けたりもしていたから。

「ひなちゃん毎日、学校においで、待ってるよ、って手紙届けてくれたよね」

懐かしそうに目を細めて、柊太が続ける。

たしかに届けていた、とわたしもぼんやり思い出す。もどかしくて、柊太のためになにかしたくて、だけどそれぐらいしか思いつかなくて。

「うれしかったよ、あれ。めちゃくちゃ。毎日病院で何回も読んでた」

「え……登校拒否じゃ、なかったってこと？」

「うん。手術受けて入院してました」

「柊太、そんなに重い病気だったの？」

「うん。その手術受けないと、治らない病気だった」

言いながら柊太は服を直すと、「けど」とほろ苦く笑って続ける。

「おれずっと怖くて。手術、受けれずにいたんだよね。死ぬかもしれない手術も、その後のしんどい治療も怖かったし、そこまでして長く生き続けなくてもいいかなって気もしてて。生きててもあんまり楽しくなかったし、早く死んじゃうならそれはそれでいいかなって。だけど」

そこで柊太は軽く言葉を切ると、思わず息を詰めていたわたしのほうを見て、

「ひなちゃんに出会って」

「……わたし？」

「ひなちゃんと仲良くなって、ひなちゃんのことを好きになって。そうしたら現金だけど、おれやっぱり元気になって、これからもひなちゃんとしゃべったりしたいと思って。ひなちゃんとどっか遊びにいったり、ひなちゃんがピンチのときは、すぐ助けられるぐらい強くなりたいって。そのためにはやっぱり病気でいちゃ駄目だと思って、だから手術受けようって」

思い出す。長い休みのあとで学校に戻ってきた柊太は、たしかに以前とまるきり変わっていた。性格も明るくなったし、クラスメイトとも積極的に関わろうとするようになった。以前は見学していることが多かった体育の授業も、それ以降は欠かさず参加するようになった。

思い返せばなかなか劇的な変化だった気がするけれど、良い変化には違いなかったので、当時のわたしはあまり気にしていなかった。ただ、よかったなあ、と学校で楽

しそうに笑うようになった柊太を見ながら、呑気《のんき》に思っていた。

「だからさ、今のおれがいるのは、ひなちゃんのおかげで。ひなちゃんは今のおれの、すべてなんです」

ちょっとはにかむように言葉を結んだ柊太の顔を、わたしはただ呆《ほう》けたように見つめていた。

「……なんで」

急すぎる告白に、少し時間を置いてからようやく感情が追いついてくる。

それと同時に、掠《かす》れた声が唇からすべり落ちていた。

「なんで、そのとき言わなかったの」

「え？」

「病気のこととか、手術のこととか。なんでぜんぶ、わたしに黙ってたの」

そうだ、言ってくれていたら。もっと、わたしにもできることがあったはずなのに。

早く学校に戻っておいで、なんて無神経な手紙を送るのではなく、お見舞いに行くとか千羽鶴を折るとか。ちゃんと知ることができていたら、もっと、彼の力になれていたかもしれないのに。

今更そんな歯がゆさが込み上げてきて、思わずそれをそのまま口に出してしまった

わたしに、

「そりゃ、心配かけたくなかったから」

「な」

「ひなちゃん優しいから、夜眠れなくなるほど心配してくれそうだったし。おれのことで、あんまひなちゃんに思い悩んでほしくなかったし」

平然と言い切る柊太に、なにそれ、とわたしがあきれて呟《つぶや》きかけたときだった。

「ひなちゃんと同じだよ」

見透かしたように柊太が継いだ言葉に、はっとした。

柊太のほうを見ると、どこかからかうような色を目の奥に浮かべた彼と目が合う。

「だから、言っておきます」

わたしが思わず言葉に詰まったあいだに、柊太はその目をやわらかく細めて続ける。

「ひなちゃんがもし、誰かのせいで死ぬようなことがあったら。おれはひなちゃんを守れなかった自分をぜったいに許せないし、悔しさとか悲しさで耐えられなくなるかもしれない。たぶん抜け殻みたいになると思う」

「……なにそれ」

「本気だよ。ひなちゃん、おれの人生を台無しにしてほしくなかった、ってさっき言ってくれてたけど。ひなちゃんがいないなら、おれの人生なんてほんと、くそどうでもいいから。おれってそういう人間だから」

知っていた。今はもう、知っている。

柊太はきっと、本当に、そうなる。

そう確信を持って思えることに、途方に暮れたようなくすぐったいような気持ちが込み上げてきて、泣きたいのか笑いたいのかわからなくなる。

「……なに、それ」ただ不格好に顔が歪《ゆが》むのを感じながら、わたしはもう一度呟くと、

「それじゃあ、ぜったい死ねないじゃん、わたし」

「そうだよ。ひなちゃんが死んだら、おれの人生が終わると思っといて」

「ドヤ顔でなに言ってんの」

笑いながら返したつもりの声は、語尾がかすかに震えた。

目を伏せると、涙が落ちて膝《ひざ》の上で弾《はじ》けた。

柊太はそれきり、なにも言わなかった。ただ黙って手を伸ばすと、わたしの手に触れた。そうして電車が来るまでずっと、わたしの手を握りしめていた。手に汗をかくぐらい強く、ただずっと。

第六章

その日生まれてはじめて見たペンギンは、思わず息をのむかわいさだった。

ペンギンがかわいいのは知っていたけれど、生で見るそのかわいさは衝撃的だった。ぽてっとしたお腹に、くりくりの瞳《ひとみ》。なにより最高だったのは、ぺたぺたと丸っこい身体を揺らして歩くその仕草だった。ひと目見た瞬間に胸を撃ち抜かれ、しばし言葉を失った。それからずっと、わたしはペンギン舎に張りついていた。「かわいい……」と恍惚《こうこつ》の声を数秒置きに漏らしながら。

「何回言ってんの、それ」

それに対し、隣からは柊太のちょっとあきれたような笑い交じりの声が返ってくる。暑そうに額の汗を手の甲で拭《ぬぐ》うのが、視界の端に見えた。

だけど決して、「もう次行こうよ」と柊太が促してくることはなかった。わたしが満足するまで、辛抱強く付き合ってくれるつもりらしかった。

猛暑日とはいえ、全国でもわりと名の知れたその動物園は、なかなかの混み具合だった。少なくとも、先日訪れた近場の動物園とはわけが違った。どの動物の前でも、暑さなんてものともしない子どもたちの楽しげな声が、絶えず響いている。人気の動物のところには軽く人だかりもできていた。

ちなみにペンギンはここではそれほど人気ではないらしく、柵《さく》の前にいるのはわたしたちの他に五人ほどだった。なので遠慮なく、わたしはそこに長居させてもらっていた。

この動物園に行こうと誘ってきたのは柊太だった。片道二時間ほどかかる場所だったので少し尻込《しりご》みしてしまったわたしも、ここペンギンいるんだよ、という柊太の一言であっけなく落ちた。

ペンギンを生で見てみたいというのは、思えばわたしの長年の夢だった。小学生の頃、テレビで見たそのかわいさに目を奪われた日からずっと。時間が経つにつれさすがに薄れてきていたその夢も、柊太のそんな言葉で、一気に鮮やかになって戻ってきた。

「ほんと、ペンギンってなんでこんなにかわいいんだろ。完璧《かんぺき》だもんね、あのフォルムとか」

「それも五十回ぐらい言ってるよ、ひなちゃん」

照りつける日差しがじりじりと首の後ろを焼くのも気にならないぐらい、わたしの目は彼らに釘付《くぎづ》けだった。

ペンギンたちも暑いのか、陸の上よりプールの中を悠々と泳いでいるものが多い。それでもときどき気まぐれみたいに、ひょいっと陸に上がってきたりもして、そんな仕草のひとつひとつが、ぜんぶ叫びたくなるほど愛らしかった。

本当に、ここまでのかわいさだとは思わなかった。見ているだけで、圧倒的な幸福感に全身が満たされるのを感じる。

ああやっぱりここへ来てよかった、と何度目かしみじみと噛《か》みしめたとき、ふいにその感謝を伝えたくなった。ねえ、と口を開きながら、わたしは隣にいる柊太のほうを見る。

そこでちょっと驚いた。当然ペンギンのほうを見ていると思った彼が、思いがけなく、こちらをじっと見ていたから。

目が合うと、柊太も、わたしが突然自分のほうを向いたことに驚いたように目を丸くした。「あ、いや」それからちょっと気まずそうに、ぎくしゃくと視線を逸《そ》らしな

がら、

「かわいいな、と思って……」

「え？……あ、これ？」

なんのことかわからず一瞬きょとんとしてしまったあとで、思い当たる。

わたしが耳の上あたりを指さして訊《き》き返すと、柊太も一瞬きょとんとした顔をしたあとで、「あ、ああうん、それ」と早口に頷《うなず》いた。

「そのピン、かわいいなって」

「でしょ。新しいやつなんだ」

さすが柊太はよく気がつくなあ、と感心しながら、わたしはよく見えるよう髪を少し掻《か》きあげてみせる。三ヵ月ぶりぐらいに新調したパールのヘアピンが、そこで光っているはずだ。

なぜか柊太は微妙そうな表情で、そんなわたしの顔をしばし見つめていたけれど、

「……うん。めっちゃ似合ってる、それ」

やがて気を取り直したように、そう言って笑った。

だからわたしも笑顔で、「ありがとう」と返した。

柊太は本当に、わたしが満足するまで、とことんペンギンに付き合ってくれた。たぶんそのせいで、その後に園内を一通り回り終えた頃には、わたしたちはほとんど体力を使い果たしてしまっていた。

これ以上炎天下を歩く気力は残っていなかったので、早めに動物園は切り上げることにして、最後に園内にあるおみやげ屋さんに入ったとき、

「あ、かわいい。これにしよっかな、芽依へのおみやげ」

わたしがペンギンのキーホルダーに手を伸ばしながら呟くと、「えー」となぜか隣で柊太が不満そうな声を漏らした。

「いや、こんなんでいいんじゃない？ あいつには」

言いながら、柊太は傍にあるペンギンの消しゴムを指さしてくる。無視して、わたしはキーホルダーをふたつ手に取りながら、

「いい加減、あいつって呼ぶのやめてよ。芽依のこと」

何度となく注意していることをふたたび口にすれば、「やめない」ときっぱりした声が返ってきた。

「言っとくけど、おれまだあいつのこと信用してないから」

「なんでよ。わたしが許してるんだからもういいでしょ」

「いや、むしろなんでひなちゃん許してんの。さすがにそれは甘すぎるでしょ」

柊太は芽依のことを、まだ許していない。

芽依だけでなく、もちろん莉々子のことも美緒のことも、なんならわたしのクラスの全員を、いまだ親の仇《かたき》のごとく嫌っている。

あまりに柊太が嫌っているものだから、逆にわたしのほうは、彼らに対して少しだけ穏やかな気持ちを持てるようになってきたぐらいだ。

あの日以降、クラスでの状況が劇的に変わった、なんてことはない。

あいかわらずわたしはクラスで浮いているし、クラスメイトから親しげに声をかけられるようなことは今もない。時折、遠巻きにひそひそとなにか言われていたりもする。

だけど変わったこともたしかにあって、まず、莉々子がわたしになにもしてこなくなった。

バケツを蹴《け》って水をかけてきたり、体育の授業でボールをぶつけてきたり、更衣室で聞こえよがしに陰口を叩《たた》いたり。そういう具体的な攻撃がぱたりと止んだ。

いまだに無視はされているけれど、どちらかというと、莉々子が本気でわたしと関わりたくないので避けている、という感じだった。たまになにかの拍子に目が合うと、さっとあわてたように逸らされたりもした。

莉々子がそんな調子なので、もちろん美緒も追随していた。

そして同時に、クラスの女子がなにかのタイミングで一斉にスマホを見るようなことがなくなった。例のグループトークを仕切っていたのは当然莉々子だったのだろうから、それが動かなくなったのかもしれない。

それと、芽依がわたしといっしょに行動するようになった。

移動教室も休み時間も昼ごはんも、芽依はわたしのもとへ来て、笑顔でわたしを誘ってくるようになった。

芽依のその変わりようは、当然なにも知らないクラスメイトの目には不可解なものに映ったらしい。今はむしろわたしより、そんな芽依に対して白い目が向けられていた。陰口の的も、しだいに芽依のほうへと移っているのがわかった。

もちろん芽依もそれには気づいているようだったけれど、気にした様子はまったくなかった。ひそひそとクラスメイトからなにか言われるのもかまわず、芽依は毎日わたしの席までやってきて、笑顔でわたしに話しかけ続けた。

芽依に対するモヤモヤが、きれいさっぱり拭《ぬぐ》い去れたわけではなかった。

それでも今、わたしがそんな芽依に救われているのはたしかだった。変わらずよそよそしい教室の空気も、クラスメイトたちの冷ややかな視線も、芽依がいるだけでまったく気にならなかった。心の底から、取るに足りないことだと思えた。

教室に、ひとりぼっちではない。本当にただ、それだけで。

――きっと、それだけでよかったのだと、今はわかる。

たとえ百人中九十八人に嫌われていたって。たったふたりでも、わたしのことを好きでいてくれる、わたしの好きな人がいるなら。わたしが大事にしたいと思うその人だけを、全力で大事にしていけば。

それだけでわたしは、きっと自由に生きていける。

隣でぶつくさ言ってくる柊太は無視して、けっきょく最初に選んだペンギンのキーホルダーと、お母さんへのおみやげにクッキーを買った。

動物園を出て次に向かったのは、こちらも柊太がぜひ行きたいと推していた、パン屋さんだった。

なんでもテレビや雑誌で紹介されたこともある有名店で、とくにメロンパンが絶品なのだとか。メロンパン好きとしてこれを食べないわけにはいかないのだと、道中、柊太が熱く語っていた。

動物園から歩いて十分ほどのところにあったそのパン屋さんは、柊太の話どおりかなりの人気店らしく、小さいながら中は多くのお客さんであふれていた。ずらりと並ぶおいしそうなパンにひとしきり目移りしたあと、けっきょく、わたしも柊太と同じメロンパンを買った。

それからパンを食べるため、今度は近くにあった公園に移動した。

緑の多い公園内は、樹木の長い枝がほどよく空を覆い、日差しをさえぎってくれていた。川が近いためか、頬を撫《な》でる風もいくらか涼しい。ベンチとテーブルの置かれた東屋《あずまや》を見つけて、わたしたちはそこに座った。

それぞれメロンパンを袋から取り出し、「いただきます」と手を合わせる。

ひとくちかじり、おお、とわたしは思った。

焼きたてらしく、まだほんのりと温かいそのパンは、たしかに文句のつけようがなかった。さすが人気なだけあるなあ、と少なくともわたしは素直に感心してしまうおいしさだったのだけれど、

「……んー」

向かい側で同じものを食べている柊太は、なぜか難しい顔で唸《うな》っていて、「え、な

に」とわたしは眉《まゆ》を寄せた。

「おいしくなかった？」

「いや、おいしいのはおいしいんだけど」

「じゃあなんでそんな顔なの」

なんだか納得していないような顔で首を捻《ひね》っている柊太に、ますます眉を寄せながら訊《たず》ねると、

「やっぱ、あの日のメロンパンとは違うなあって」

「あの日？」

「退院した日、ひなちゃんが持ってきてくれたメロンパン」

退院？　と訊《き》き返しかけて思い出した。小学生のとき、登校拒否をしていると思った柊太の家に、足繁く通っていた頃のこと。

そのあいだ、玄関口で対応してくれていたのはいつも柊太のお母さんで、柊太とはぜんぜん会えずにいた。

だけど一度だけ、玄関先で柊太と顔を合わせたことがあって、そのときたしかに、わたしは彼にメロンパンをあげた。柊太が学校に戻ってくる、少し前の日のことだった。おそらくその日が、柊太が退院して家に戻ってきた日だったのだろう。

わたしは久しぶりに会えた柊太にうれしくなって、どうにか彼を元気づけたくて、咄嗟《とっさ》に持っていたメロンパンをあげたのだ、たしか。翌日の朝ごはん用に買ったものだったけれど、それぐらいしかあげられるものがなかったから。おいしいものを食べて、柊太が少しでも元気になってくれればいいな、なんて思って。

「あのときもらったメロンパンがさ、マジで涙が出るほどおいしくて」

「涙って」

大げさ、とわたしは笑ったけれど、「いやほんとに」と返した柊太の声は真剣だった。

「食べながらおれ、ぼろぼろ泣いちゃって」

「……ほんとに？」

「ほんとに。自分でもあんなのはじめてだったから、びっくりしたもん。おいしすぎて涙が出るとか」

「でもあれ、コンビニのメロンパンだったよ」

こんな有名店のものではなかった。間違いなく。近所のコンビニで買った、どこにでもあるメロンパンだったはずだ。それが食べたかったのなら、パン屋さんではなくコンビニに行けば、きっと手に入ったのに。

「でも、ないんだよね」

だけど柊太は、物憂げな顔でわたしの言葉に首を振ると、

「あの日食べた、泣くほどおいしかったメロンパン。同じやつ買って食べてみても、ぜんぜん違くて。やっぱり、ひなちゃんの手を介したことで、あの日のメロンパンの味が変わったとしか思えなくて」

なにそれ、とわたしは笑いかけて、思い直した。食べかけのメロンパンに目を落とす柊太の顔が、思いのほか真面目だったから。

わたしも黙って、手元にある食べかけのメロンパンに目を落とす。そうしてちょっと考えたあとで、

「……じゃあ」

手を伸ばし、そのメロンパンを彼の口元へ近づけながら、

「はい」

「へ？」

「あーん」

「……え？　え、なに」

面食らったように目を丸くする彼の口元へ、わたしはかまわずメロンパンを押しつ

ける。そうして、「あーん」とさっきより強めの声で繰り返せば、まだ状況を呑《の》み込めない顔をしながらも、柊太はつられるように口を開けた。促されるまま、メロンパンをひとくちかじる。

「どう？」

「どうとは」

「味変わった？」

訊ねると、そこでようやくわたしの意図を理解したように、柊太がはっとした顔になる。

「あ……うん」そうして口をもぐもぐと動かしながら、しばしそちらに集中するように目を伏せたあとで、

「……変わった」

「うそ」

「ほんと。ぜんぜん違う。今までいちばんおいしい」

「え、わたしすごいね」

「そうなんだよ」

笑い交じりに返したわたしに、柊太は思いがけなく真剣な声で相槌《あいづち》を打って、

「ひなちゃんは、すごいんだよ」

重ねたその声には、妙に実感がこもっていた。

思わず言葉に詰まったわたしの手から、柊太はまたメロンパンをかじろうとする。だけど途中でなにかに気づいたように、彼はふと動きを止めた。幸せそうにゆるんでいた表情が、かすかに強張《こわば》る。

「……それ」

呟《つぶや》いた彼の視線の先にあったのは、わたしの手のひらだった。

「まだ痛い？」

「え」

唐突に訊ねられて、わたしも思わず自分の手のひらに目をやる。包帯はもう取れたけれど、まだ大きな白いテープが傷口を覆っている、そこ。

ううん、とわたしは首を横に振って、

「もう痛くないよ」

「ほんとに？」

「ほんとに」

気を遣ったわけではなく、本当にもう痛くなかった。傷痕《きずあと》がまだ痛々しい感じなのでいちおうテープを貼ってはいるけれど、傷口自体は完全に塞《ふさ》がっている。

だけど柊太は硬い表情のまま、ぎゅっと眉根《まゆね》を寄せて、

「ごめんね、ほんとに」

「いやいや、もういいってば」

「……その、痕ってさ」

「痕？」

ふと言いづらそうに柊太が言葉を続けて、わたしが訊き返すと、

「傷痕って、時間が経てばちゃんときれいに消えるのかな」

「あー、どうだろ？　ちょっとは残るかもね」

今まであまり気にしたことがなかったので、なにも考えることなく、そんな相槌を打ってしまった直後だった。

え、と声を上げた柊太の顔が、途端に叩《たた》かれたように引きつって、

「うそ、残るの？　傷痕」

「あ、や、わかんないけど」

身を乗り出すような勢いで訊き返され、わたしはあわてて首を振る。そうして、

「まあ」と早口に言葉を継いだ。

「顔とかじゃなくて手のひらだし。べつに残ってもぜんぜん」

いいけどね、とわたしが本心から言いかけたときだった。

「よくないよ」やたら大きな声で、柊太はわたしの言葉をさえぎると、

「え、どうしよう。マジでひなちゃんに傷痕が残ったら、おれどうすれば」

「どうって、べつにそんな」

「責任」

「え」

「ちゃんととるから」

急に真剣な声で柊太がはっきりと言い切るものだから、一瞬息が止まった。

高い鼓動が耳元で鳴る。

柊太の顔を見ると、まっすぐにこちらを見つめる彼と視線がぶつかった。

瞬間、心臓をぎゅっとつかまれたみたいな苦しさに襲われて、

「……じゃあ」

その苦しさに押されるよう、薄く開いた唇からは声がこぼれていた。

「責任とって」

「うん」

「……ずっとわたしと、いっしょにいて」

え、と柊太が驚いたように目を見張るのを見たとき、はっと我に返った。しかもそう言った声にはひどく切実な色がにじんでしまったから、よけいに駄目だった。

なにを言っているのだろう。すごい勢いで頰に熱が上ってくるのを感じながら、わたしはあわてて彼の顔から目を逸《そ》らす。そうして、「な、なんて」と冗談にするための言葉を続けようとしたら、

「いる」

「へ」

「一生、いる」

柊太の顔を見ると、驚くほど真剣な目をした彼と目が合う。そうしてそのまま、縫い留められたみたいに視線が動かせなくなった。

その言葉が嘘ではないと確信を持って思えることに、泣きたいほどの安堵《あんど》と、胸をかきむしられるようなむず痒《がゆ》さがいっしょに襲ってくる。一気に喉元《のどもと》までせり上がったそれらに、息ができなくなる。

「……うん」

吐息が震える。辺りの空気が、急に薄くなったみたいだった。胸が苦しくて、つい

でに顔が熱い。なんだこれ、とわたしは困惑しながら心の中で呟く。

——いや、たぶん本当は、とっくに気づいているのだけれど。

もう柊太はあの頃の柊太ではないのだと、知ってしまったときからずっと。

柊太と目が合うたび微妙に速くなる鼓動も、かすかに熱くなる耳も、なんだか少し空気が通りにくい感じがする喉も。

たぶんそういうことなのだろうと、心の片隅では気づきながら、だけど今はもう少しだけ見て見ぬ振りをしていたくて、わたしは目を伏せると、ただ無言でメロンパンを柊太の口元へ押しつけておいた。

あとがき

はじめまして、此見《このみ》えこと申します。

このたびは数ある本の中から本作をお手にとってくださり、ありがとうございます。


今思い返すと、学校って本当に狭くて息苦しい世界だったなあと思います。

だけど学生の頃はその世界がすべてで、そこでの人間関係がうまくいかないと、全世界から否定されたような気がしてしまったり。

学校の外にあるもっと広い世界が、あの頃は見えていなかったような気がします。


私自身、他者からの評価がたいへん気になってしまう人間です。

できるだけ誰にも嫌われたくないと思ってしまうし、嫌われないよう顔色を窺《うかが》ったり、意見を合わせてしまったこともあります。

だけど誰からも嫌われないなんて、きっと誰だろうと無理です。

だから本当はそれを恐れる必要なんてなくて、自分の好きな人、自分が大事にしたい人を全力で大事にできれば、それだけでいいんじゃないかなと思います。

そうやって、自分が生きる世界は自分自身で決めていければ、と。

そんな思いを込めて、本作の主人公を書きました。


最後に、担当編集さまをはじめ、本作の出版に携わってくださった皆さまへ、心より感謝申し上げます。

そしてここまで読んでくださった皆さま、本当に本当にありがとうございます。

少しでも、あなたの心に残るものがありますように。

そしてまたどこかで、お会いできますように。

二〇二三年　夏

本書は書き下ろしです。

つよがりの君《きみ》に、僕《ぼく》は何度《なんど》だって会《あ》いにいく

此見《このみ》えこ

令和5年 12月25日　初版発行

発行者●山下直久

発行●株式会社KADOKAWA
〒102-8177　東京都千代田区富士見2-13-3
電話　0570-002-301（ナビダイヤル）

角川文庫 23936

印刷所●株式会社暁印刷
製本所●本間製本株式会社

表紙画●和田三造

●お問い合わせ
https://www.kadokawa.co.jp/（「お問い合わせ」へお進みください）
※内容によっては、お答えできない場合があります。
※サポートは日本国内のみとさせていただきます。
※Japanese text only

ISBN 978-4-04-113879-3　C0193

◇◇◇

角川文庫発刊に際して

角　川　源　義

第二次世界大戦の敗北は、軍事力の敗北であった以上に、私たちの若い文化力の敗退であった。私たちの文化が戦争に対して如何に無力であり、単なるあだ花に過ぎなかったかを、私たちは身を以て体験し痛感した。西洋近代文化の摂取にとって、明治以後八十年の歳月は決して短かすぎたとは言えない。にもかかわらず、近代文化の伝統を確立し、自由な批判と柔軟な良識に富む文化層として自らを形成することに私たちは失敗して来た。そしてこれは、各層への文化の普及滲透を任務とする出版人の責任でもあった。

一九四五年以来、私たちは再び振出しに戻り、第一歩から踏み出すことを余儀なくされた。これは大きな不幸ではあるが、反面、これまでの混沌・未熟・歪曲の中にあった我が国の文化に秩序と確たる基礎を齎らすためには絶好の機会でもある。角川書店は、このような祖国の文化的危機にあたり、微力をも顧みず再建の礎石たるべき抱負と決意とをもって出発したが、ここに創立以来の念願を果すべく角川文庫を発刊する。これまで刊行されたあらゆる全集叢書文庫類の長所と短所とを検討し、古今東西の不朽の典籍を、良心的編集のもとに、廉価に、そして書架にふさわしい美本として、多くのひとびとに提供しようとする。しかし私たちは徒らに百科全書的な知識のジレッタントを作ることを目的とせず、あくまで祖国の文化に秩序と再建への道を示し、この文庫を角川書店の栄ある事業として、今後永久に継続発展せしめ、学芸と教養との殿堂として大成せんことを期したい。多くの読書子の愛情ある忠言と支持とによって、この希望と抱負とを完遂せしめられんことを願う。

一九四九年五月三日

角川文庫ベストセラー

教室が、ひとりになるまで　浅倉秋成

フラッガーの方程式　浅倉秋成

ノワール・レヴナント　浅倉秋成

君がオーロラを見る夜に　いぬじゅん

チルチルサクラ
〜桜の雨が君に降る〜　いぬじゅん

北楓高校で起きた生徒の連続自殺。ショックから不登校になっている幼馴染みの自宅を訪れた垣内は、彼女から「三人とも自殺なんかじゃない。みんな殺された」と告げられ、真相究明に挑むが……。

何気ない行動を「フラグ」と認識し、日常をドラマに変える〝フラッガーシステム〟。モニターに選ばれた涼一は、気になる同級生・佐藤さんと仲良くなれるのではと期待する。しかしシステムは暴走して⁉

他人の背中に「幸福偏差値」が見える。本の背をなぞって内容をすべて記憶する。毎朝5つ、今日聞く台詞を予知する。念じることで触れたものを壊す。奇妙な能力を持つ4人の高校生が、ある少女の死の謎を追う。

市橋悠希は、いつかオーロラを見たいと願うも、その気持ちは報われず。そんな彼の前に現れた空野碧は、悠希の手を引っ張り、オーロラを探す旅へ出る。そこに待っていたのは、キラキラと輝く奇跡だった。

自分に自信のない姫花は、高校に入学し、桜の下で運命的な出会いをする。けれど自分なんて、素敵な彼には釣り合わない。そんな時、事故に遭いそうになった姫花は、死の期限を延長されたと聞かされて……。

角川文庫ベストセラー

ピンクとグレー　加藤シゲアキ

12万部の大ヒット、NEWS・加藤シゲアキ衝撃のデビュー作がついに文庫化！　ジャニーズ初の作家が芸能界を舞台に描く、二人の青年の狂おしいほどの愛と孤独。各界著名人も絶賛した青春小説の金字塔。

閃光スクランブル　加藤シゲアキ

不安から不倫にのめり込む女性アイドルとそのスクープを狙うパパラッチ。思い通りにいかない人生に苛立つ2人が出会い、思いがけない逃避行が始まる。瞬く光の渦の中で本当の自分を見つけられるのか。

Burn. －バーン－　加藤シゲアキ

天才子役から演出家に転身したレイジは授賞式帰りの事故により抜け落ちていた20年前の記憶が蘇る。渋谷の街で孤独な少年を救ってくれた不思議な大人との出逢いと別れ、彼らとの過去に隠された真実とは──。

傘をもたない蟻たちは　加藤シゲアキ

天才肌の彼女に惹かれた美大生の葛藤。書いた原稿がそのまま自分の夢で再現される不思議な現象にのめりこんでいく小説家の後悔……単行本未収録作「おれさまのいうとおり」を加えた切ない7編。

わたしは告白ができない。　櫻　いいよ

渡せずに持ち歩いていた風紀部部長へのラブレターが紛失。それに気づいた本人が探し出すと言い出して……。なぜか告白ができない平凡女子とイケメン風紀部部長とのドタバタ告白恋愛ミステリ！

角川文庫ベストセラー

時をかける少女〈新装版〉　筒井康隆

放課後の実験室、壊れた試験管の液体からただよう甘い香り。このにおいを、わたしは知っている——思春期の少女が体験した不思議な世界と、あまく切ない想いを描く。時をこえて愛され続ける、永遠の物語！

四畳半神話大系　森見登美彦

私は冴えない大学3回生。バラ色のキャンパスライフを想像していたのに、現実はほど遠い。できれば1回生に戻ってやり直したい！　4つの並行世界で繰り広げられる、おかしくもほろ苦い青春ストーリー。

夜は短し歩けよ乙女　森見登美彦

黒髪の乙女にひそかに想いを寄せる先輩は、京都のいたるところで彼女の姿を追い求めた。二人を待ち受ける珍事件の数々、そして運命の大転回。山本周五郎賞受賞、本屋大賞2位、恋愛ファンタジーの大傑作！

ペンギン・ハイウェイ　森見登美彦

小学4年生のぼくが住む郊外の町に突然ペンギンたちが現れた。この事件に歯科医院のお姉さんが関わっていることを知ったぼくは、その謎を研究することにした。未知と出会うことの驚きに満ちた長編小説。

新釈　走れメロス　他四篇　森見登美彦

芽野史郎は全力で京都を疾走した——。無二の親友との約束を守「らない」ために！　表題作他、近代文学の傑作四篇が、全く違う魅力で現代京都で生まれ変わる！　滑稽の頂点をきわめた、歴史的短篇集！